長編小説

ふたりの未亡人

〈新装版〉

霧原一輝

JN202826

竹書房文庫

目次

第一章　夫のいない家

1

小野民雄《おのたみお》が買っておいたバースディ・ケーキをリビングのテーブルに置くと、

「お義父《とう》さま、覚えておいてくださったんですか？」

息子の嫁の奈々美《ななみ》が、目を丸くした。

「ああ、もちろん」

「うれしいです。ありがとうございます」

奈々美はテーブルに載ったケーキを見て、瞳を輝かせる。今日は奈々美の二十七回目の誕生日だった。

「シャンパンもある。今日は啓介《けいすけ》のことは忘れて、奈々美さんの誕生日を祝おう」

「そ、そうですね。今、分けるものを持ってきます」

奈々美は飛ぶようにしてキッチンに向かった。スカートに包まれた発達した尻が遠ざかっていくのを眺めながら、

(よかった。奈々美さんが喜んでくれて)

民雄はほっと胸を撫でおろした。

半年前に、息子の啓介が突然二人の前からいなくなった。

後でわかったことだが、啓介は会社で重要なプロジェクトを任され、それが不本意な形で頓挫《とんざ》し、その責任を一人で背負込む形で辞職していた。その後、新しい職をさがしたらしいのだが、それが上手《うま》くいかず、自棄《やけ》になったのか、家族の前から姿を消してしまった。

置き手紙には「申し訳ない。捜さないでくれ」とだけ記してあった。

いい大人が子供のような真似をして、と民雄は怒りさえ覚えた。

大学を首席で卒業し、一流企業に就職し、美人で気立てのいい妻を二年前に娶《めと》った。エリート路線を歩いてきた啓介には、おそらく人生で初めての大きな挫折だったのだろう。ひとりで悩んでいないで、家族に相談してくれればよかったのだ。プライドが邪魔をしたのか、民雄は妻の奈々美にさえ打ち明けずに、結局は家出という最悪の結果を自ら招いてしまった。

民雄はショックを受けたが、奈々美にはそれ以上にダメージがあったに違いない。

何も手につかない様子で、落ち込んでいる奈々美の姿を見て、民雄も胸が痛くなった。

すぐに帰ってくるだろうと高をくっていたのだが、一カ月経っても二カ月経っても姿を見せない。三カ月後に「無事だから安心しろ」という手紙が奈々美のもとに届いたが、それから三カ月が経過した今も、息子は帰ってこない。

奈々美がナイフと取り皿を持って、リビングに戻ってきた。

民雄もロウソクをケーキに立てて、火を点《つ》けた。グラスを出し、シャンパンの栓を抜いて、ふたつの細長いグラスに注ぐ。奈々美にロウソクの炎を吹き消させ、

「二十七回目の誕生日、おめでとう」

明るい調子でグラスを掲げると、奈々美もはにかんでグラスをあげた。

民雄はシャンパンを飲みながら、奈々美を見る。ふっくらした唇がグラスの縁《ふち》にキスをするような形で触れ、少し上を向いたので、ほっそりした首すじがあらわになり、こくっと喉が動くのが見えた。

肩にかかるゆるやかにカーブしたさらさらの黒髪、それぞれの造作ははっきりしているが全体にやさしげで、ともすれば寂しげに映る美貌、乱暴な動きを決してしない淑《しと》やかな所作《しょさ》……。

こんないい女を放っておいて失踪し、未亡人同然のひとり身にする息子の気持ちが、

民雄にはまったく理解できない。

奈々美はシャンパングラスを置き、民雄を見て笑顔を作った。

「美味《おい》しいです」

微笑むと、口尻がきゅっと吊りあがって、親近感が増す。

息子が失踪して以来、眉根を寄せた思い詰めた表情を浮かべることが多くなった。不謹慎なことに、民雄はその思い悩む表情に、いじらしさのようなものを感じて心を動かされていた。だが、女性はやはり微笑んでいるほうがいい。

「お義父さまもケーキ、お食べになりますよね？」

奈々美がグラスを置いて、言う。

「ああ、食べるよ」

さっき二人だけの夕食を摂《と》ったが、このために控えておいた。

奈々美は、ケーキに載っていた自分の名前が書いてあるチョコレートの板を外し、ナイフを入れて二人分を取り分けた。小さなケーキを買ってきたのだが、それでも大半が余ってしまい、それが啓介の不在を否応なしに際立《きわだ》たせる結果になった。

五十七歳の民雄は長年連れ添ってきた妻を五年前に癌《がん》で亡くしていた。親から受け継いだ広い家に三人では寂しいくらいで、早く孫ができればと思っていたのに、その前に息子が姿を消すとは……。

小皿に載ったケーキを口にして、

「美味しい！」

奈々美がパッと表情を輝かせた。

「ああ、よかった。駅前にあるお店に頼んでおいたんだ。あそこは美味しいと評判だから」

「……お義父さま、感謝しています。すごく……」

奈々美が伏目がちに見つめてきた。眉は細くて長くゆるやかに褶曲《しゅうきょく》している。ふっくらとした涙堂《るいどう》が受けた今にもこぼれそうな大きな瞳に、見る間に涙があふれる。その涙に奈々美が耐え忍んできたものの大きさを感じ、民雄はもらい泣きしそうになって、あわてて視線を外す。

しんみりした雰囲気になるのがいやで、二人の共通の趣味である庭いじりに話題を持っていく。

小野家は古い日本家屋で敷地が広く、庭もたっぷりあるので、季節ごとに色とりどりの花が咲いて、目を愉《たの》しませてくれる。

「今年はパンジーでも植えてみるか」

「色の種類が多いから、愉しめそうですね」

奈々美が乗ってくる。

話が弾《はず》み、いい雰囲気になったところで、「トゥルル、トゥルル」と電話の呼び出し音が聞こえた。

ハッとして、二人は会話を止める。

奈々美の表情が変わった。もう、十時を過ぎている。この時間に家の電話が鳴ることはまずない。

啓介からかもしれない。妻の誕生日を思い出して、電話をかけてきたか?

「奈々美さん!」

「はい」

奈々美が腰を浮かせて、壁にかかっていた受話器をあわてて取る。

「もしもし、小野ですが……いえ、違います。はい、いえ……」

途中から肩をがっくり落として、奈々美は受話器を置いた。

「間違い電話でした」

「そ、そうか……啓介からかと思ったんだが」

思わず口に出すと、奈々美は落胆を隠せない様子で微苦笑した。

奈々美がソファに戻っても、二人の会話は弾まなくなった。二人が頭から懸命に追い出そうとしていたことが、一本の間違い電話で呼び覚まされてしまった。

こうなると、息子の話題を避けて通ることは難しい。

「啓介のことだが……ほんとうに申し訳ない。奈々美さんには迷惑かけるね」

切り出すと、奈々美が遮《さえぎ》るように言った。

「そんな、お義父さまが謝る必要なんかありません。わたしがいけないんです。一緒に暮らしていて、啓介さんのことをちっともわかっていなかった。妻として、失格です」

眉間に皺《しわ》を刻んだ沈痛な表情を見ていると、民雄も責任を感じる。

「いや、あんな軟弱者に育てた私がいけなかった。奈々美さんのせいじゃない」

「いえ、わたしのせいです。申し訳ありません」

奈々美が深々と頭をさげた。

もともと、他人のせいにすることが苦手ですべてを自分で背負い込むタイプだったが、夫が失踪して以来、それが顕著になっていた。

「啓介もそう長く、家を出ているわけにもいかないだろう。戻ってくるさ」

「そうでしょうか？　もう三カ月も連絡がないし……元気でいてくれればいいんですが、もしものことがあったらと思うと……」

奈々美の表情が曇った。

「どこかで腰を落ち着けて、暮らしているんでしょうか？　時々、女の人が一緒だったらって思ってしまうんですよ」

そう言って、奈々美は目を伏せた。

「……もし、一年経っても音沙汰がないようだったら、そのときは奈々美さん、息子と別れなさい。そのほうがいいよ」

「わたし、そんなこと考えたこと一度もないです」

奈々美がきっぱりと言った。

「いや、あくまでも、もしもの話だよ。その前にきっと帰ってくるさ……今夜は冷えるね。奈々美さんも寒いだろう。風邪を引くといけない。炬燵《こたつ》に入ろうか」

雰囲気を変えたくて言うと、奈々美が腰を浮かせ、テーブルの上を片づけはじめた。

2

奈々美が半分以上残っているケーキをしまう間に、民雄はシャンパンとグラスを持って、隣室の和室に置いてある炬燵に入る。

しばらくして、後片付けを終えた奈々美がやってきた。民雄の左側のコーナーに腰をおろし、足を崩して膝に炬燵蒲団《ぶとん》をかける。

薄手のニットセーターを着ているので、こんもりと盛りあがった胸のふくらみに、どうしても視線が吸いよせられる。

（いかん。相手は息子の嫁じゃないか。どこを見ているんだ！）

自分を戒《いまし》めるものの、少し酔ってきたせいか、奈々美を女として意識している自分がいる。広い家に二人きりになり、最近は奈々美に女を感じることが多くなった。

民雄は会計事務所に勤めていたが、所長との折り合いが悪くなって、二年前に五十五歳で事務所を辞めて、今は自分の家で細々と会計士の仕事をしている。

ほとんど家にいるので、奈々美と顔を合わせる機会が多い。

この前はフローリングの床のから拭《ぶ》きをしている奈々美を後ろから見て、スカートがぱんぱんに張りつめた尻の丸みと、浮き出たパンティラインに目を奪われた。

風呂上がりに、髪をドライヤーで乾かしているしどけないネグリジェ姿を見て、ドキッとしたこともある。

息子が失踪中だというのに、その嫁に発情するなど不謹慎だと思うのだが、そう感じてしまうのだから仕方がない。

テレビを見るとはなしに眺めていると、奈々美が蜜柑の皮を剝《む》いて、

「お義父さま、どうぞ」

と、渡してくる。それから、奈々美はもうひとつの蜜柑をつかんだ。細く関節のふくらみの少ないしなやかな指が蜜柑の皮を器用に剝《は》がしていくのに見とれていると、その手を止めて、奈々美が言った。

「お義父さま、わたし、働きたいんです」

「えっ……？」

啓介は課長職に就《つ》いていてそれなりの稼ぎがあったから、これまで奈々美は主婦業に専念していた。

「ご存じだと思いますが、わたし、お茶の師範《しはん》の資格を持っているんです。それで、この家の和室を使って茶道《さどう》教室を開きたいんです」

思わぬ提言に、民雄は驚いた。

「やけに急だな……それに、茶道教室は年配にならないと開けないんじゃないか？」

「ほんとうはそうなんですが、叔母に相談したら、後ろ楯になってくれるって」

奈々美の叔母の高梨久仁子《たかなしくにこ》は、茶道の流派のひとつであるS流の師範で、茶道教室を開いて、多くの弟子を持っている。

奈々美は小さい頃に両親を事故で亡くし、それ以来、母の妹である久仁子に引き取られて娘同然で育てられた。小学生の頃から叔母に茶道を厳しく仕込まれたので、二十七歳のこの若さで師範の資格を持っているのだ。

だが、民雄としてもそう簡単に同意はできなかった。

「だけど、啓介のいないこの時期に何もわざわざ……」

「逆に、啓介さんがこういうことになったから、始めようと思ったんです。教室が軌道に乗れば、うちの家計の足しになりますし、啓介さんが帰ってきたときも、負担が少なくて済むでしょう？」

なるほど、そういうことかと思った。

「わたし、啓介さんをただ待っているのは、もういやです……働かせてください。ご迷惑はかけません。お願いします」

奈々美は後ろにさがって、額を畳に擦《こす》りつけた。

「わかったから、頭をあげなさい」

言うと、奈々美が顔をあげた。

「奈々美さんの生活費ぐらいは今のままでも何とかなるが、何もしないで啓介を待っているのは、奈々美さんとしてもつらいだろう。わかった、やりなさい。私もできることは協力するよ。ただし、無理はしないでくれよ」

「はい、無理はしません。ありがとうございます」

奈々美がもう一度深々と頭をさげた。

「じゃあ、今夜は前祝いに飲もうか」

少し明るい気分になって、グラスにシャンパンを注ぎ入れる。

「茶室はなくても大丈夫なのか？」

などと疑問点を問い質《ただ》しながら、残りのシャンパンを空ける。

茶道教室を開くためには、床の間付きの和室と広い庭、豊富な茶器などが必要なのだが、幸いうちにはそういう和室があるし、庭も広い。本来なら何百万とかかる茶器類は叔母の久仁子が用意してくれるのだという。

「そうか……久仁子さんには、こちらからもお礼をしなくてはな」

などと会話を交わすうちに、奈々美もひさしぶりに酒を飲んで酔いがまわったのか、首すじからVネックの胸元にかけてが桜色に染まってきた。

「これで、足を伸ばしなさい」

座椅子を貸してやると、「すみません」と奈々美が座椅子に背中をもたせかけて、足を炬燵のなかに伸ばした。

そのとき、足が触れた。

「あっ、すみません」

あわてて奈々美は足を引っ込める。だが、民雄の向こう脛《ずね》にはいつまでも女の足の感触が残っていた。

手を伸ばせば届くところに、色白の肌を酔いで染めた息子の嫁が座っている。

この家には二人しかいない。

会話が途切れると、二人の間に妙な雰囲気がただよいはじめた。本来なら、民雄が席を外さないといけないのだが、今夜はできなかった。

「電話、かかってきませんね」

ぽつりと言って、奈々美が顔を伏せた。

やはり、心のどこかで、啓介からの連絡を待っているのだ。炬燵ボードに奈々美の赤いケータイがぽつんと置いてある。

自分の誕生日に、失踪した夫からの連絡を待つのは、妻としてかなりつらいことに違いない。

「お義父さま、わたし、女としての魅力に欠けるんでしょうか？」

奈々美がおずおずと訊《き》いてきた。

「いや、奈々美さんは啓介にはもったいないくらいの人だよ。女房としても女としてもね……私がもう少し若かったら、放っておかないよ」

民雄は冗談めかして言って、

「私なら、奈々美さんを残していなくなるなんて、絶対にしない。逃げるなら、あなたと一緒に逃げるよ」

「……わたし、お義父さまのような方と結婚すればよかった」

奈々美は上目遣《づか》いに民雄を見て、身体を寄せてきた。それから、横に倒れるようにしなだれかかってくる。

「…………！」

仰天しながらも、民雄は拒めなかった。

奈々美は足のほうを炬燵に入れた状態で、横向きになり、頭を民雄の太腿《ふともも》に載せていた。太腿に重さを感じる。

後頭部が股間に触れているせいか、イチモツが力を漲《みなぎ》らせる気配がある。

(コラッ、息子の嫁が悩んでいるというのに、大きくなるな！)

不肖のムスコを叱りつけるものの、それは意志とは裏腹に勃《た》ちあがろうとする。平常心を取り戻そうとして、言った。

「もう少しすれば、啓介も帰ってくるよ。大丈夫だ」

「そう思って、ずっと待ってきたんですよ。でも、啓介さんは……」

こらえきれなくなったのか、奈々美の肩が震えはじめた。

奈々美の瞳から流れ落ちた涙が、ズボンを濡らすのがわかった。

「悪いな。こんな家に嫁に来なければよかったな」

民雄は胸に込みあげてくるものを感じて、そっと髪を撫でてやる。

なめらかな絹のような髪は柔らかくて、さすっているだけで頭の形までわかる。

やさしい言葉をかけられて、必死にこらえていたものが決壊したのか、奈々美の嗚《お》咽《えつ》が激しくなった。

「大丈夫だよ。戻ってくるから」

民雄は泣きじゃくる奈々美の髪を撫で、背中をさする。

セーター越しに女の背中のしなりと繊細な脇腹を感じて、股間のものはますます怒張してくる。

後頭部に勃起が触れているはずだが、奈々美は嗚咽をこぼしつづけている。

足先だけを炬燵に入れて、腰から太腿にかけては外に出していた。

後ろに突き出された尻の形が、スカート越しにうかがえた。華奢《きゃしゃ》な上半身に較べて、下半身は大きかった。

丸みを帯びた尻がスカートを張りつめさせ、スカートがずりあがって、太腿の裏側がのぞいている。

重ねられた足が微妙にずれていて、太腿の内側から膝にかけてが見える。

ふくら脛《はぎ》も女らしい丸みを帯びて、パンティストッキングのぬめるような光沢に包まれていた。

よこしまな思いが下腹部からうねりあがってきた。

抱きしめたくなるのをこらえているうちに、奈々美の嗚咽も少しずつやんだ。

泣いて気が済んだのか、奈々美が太腿から顔をあげた。

「ゴメンなさい、お義父さま」

手の甲で涙を拭く姿が、いじらしかった。これ以上一緒にいると、自分が何かしでかしそうで怖かった。

「もう、遅い。お風呂に入っていらっしゃい」

言うと、奈々美はうなずいた。

すでに風呂の仕度はできている。風呂を沸かすのは、民雄の係だった。

奈々美はボードに載っているケータイをつかんで、立ちあがった。一瞬ふらついたので、

「酔ってるなら、シャワーだけにしておきなさいよ」

「はい……大丈夫です」

奈々美は覚束《おぼつか》ない足取りで和室を出て、バスルームに向かう。

3

(啓介もなぜ連絡しないのだろう？　妻の誕生日くらい覚えているだろうに……)

追い詰められていた息子の気持ちがわからなかった自分も悪いが、家出同然に家を飛び出した息子の行動は、大人として恥ずかしい。

(困ったものだ……今はどこにいて、どんな生活をしているのだろう？　悪事に手を染めていなければいいのだが)

ぼんやりと息子に思いを馳せ、炬燵に入ってテレビを見るとはなしに眺める。三十分ほど経過したが、奈々美はまだ出てこない。

(おかしいな……相当酔っているようだったから、風呂のなかで眠ってしまったかもしれない)

心配になり、民雄は和室を出て、バスルームに向かう。

脱衣所兼洗面所に入っていくと、脱衣籠《かご》に奈々美の着衣と下着が乱雑に置かれているのが目に留まった。それを気にしながら、

「奈々美さん、大丈夫か？　寝ていないだろうな」

バスルームに向かって声をかけると、

「ああ、はい……すみません。大丈夫です」

奈々美の声がする。水音がしないところを見ると、湯船につかっているようだ。

「よかった。出るのが遅いから、眠ってしまったかと思ったよ。私は歯を磨くから」

今ことさら歯磨きをする必要はないのだが、脱衣籠に置かれた水色の下着がどうにも気になっていた。

歯磨きのクリームを愛用のブルーの歯ブラシに絞り出し、シュッ、シュッと大袈裟に歯ブラシを使いながら、静かにしゃがんだ。

脱いだ順番に籠に入れたのだろう。一番上に、ライトブルーのパンティが載せてあ

った。

（い、いかん……こんなことをしては、義父失格だ）

自分を責めながらも、手は動いて、パンティをつかみあげていた。

ゴムで縮まった薄いブルーの下着はナイロンのようにすべすべで、こんな小さなものがあの大きなお尻を包んでいるのが不思議だった。

気配をうかがうが、依然としてなかは静かで、奈々美が風呂を出る兆候はない。

（よし、大丈夫だ）

刺しゅうがあしらわれたパンティを、そっと裏返してみた。

見ると、二重になった基底部が一部縦長にシミになっていて、その表面にナメクジが這《は》ったようにぬらつくものが付着していた。

（うん？　これは……！）

顔を近づけて匂いを嗅ぐと、女性がつけていた下着特有の甘い微香がふわっと包み込んでくる。シミの部分からは少し生臭い磯の香りがほのかに匂い立って、それが男の本能を刺激した。

（こんなこと、五十七歳の男がすることではないな）

そう思いながらも、右手の指でぬめりの部分に触れる。

ぬめるような触感の後に、指腹に粘着液が付着した。匂いを嗅ぎ、指腹を擦り合わせると、ぬるぬると指がすべる。

（そうか……さっき炬燵のなかで、奈々美さんもあそこを濡らしていたんだな。素知らぬふりをしていたが、勃起しているのを察知していたのかもしれない）

思い至ったとき、下腹部がズキンと疼《うず》いた。

裏返しになったパンティの肌に接していた部分を、頬に擦りつけた。

すべすべの素材が頬をすべり、そのなめらかな女の下着の感触に民雄は陶酔した。

そのとき、バスルームから奈々美の声が聞こえた。

「お義父さま……」

咎《とが》められたのかと思い、民雄はビクッとして立ちあがる。

「な、何だ？」

「あの……よかったら、一緒に入りませんか？」

下着への悪戯《いたずら》を発見されたのではないことに安堵《あんど》しつつも、思ってもみなかった提案に、民雄は困惑した。

奈々美の裸が見られるのだから、そうしたい。だが、息子のいないことに乗じているようで、いやだった。少し考えてから、

「い、いや……いいよ」

「照れていらっしゃるんですか？　大丈夫ですよ。お背中流すだけですから」

「いや、だけど……」

「寂しいんです、すごく」

奈々美の言葉がぐさりと胸に突き刺さった。

「お義父さまのお背中、流させてください」

「そ、そうか……わかった、入るよ」

女に寂しいと言われてそれを放っておくなど、男として失格だ。民雄はうがいをして、口をそそいだ。

急いで服を脱ぐのは、がつがつしているところを悟られるようでいやだった。わざとゆっくり着衣を脱ぐ。

下腹部のものが繁茂した恥毛から、なかば頭をもたげていた。

(鎮《しず》まれ、鎮まれ)

そう言い聞かせ、前を手で押さえてドアを開けた。

湯気が白く立ち込めたバスルームで、奈々美が湯船につかっていた。髪が濡れているところを見ると、洗髪したのだろう。

民雄はカランの前にしゃがみ、かけ湯をして、前を手早く洗う。

股間を手で押さえて湯船につかろうとすると、入れ代わりに奈々美が出た。

民雄が温まっている間、奈々美はシャワーを使って、洗い椅子やタイル張りの床を洗っていた。

民雄の目を意識してか、乳房や股間は巧みに隠している。だが、身体のラインははっきりとわかる。

目を惹《ひ》くのは色の白さと臀部《でんぶ》の大きさだ。

抜けるように白いとはこのことを言うのだろう。パウダーを振りかけたように色白のきめ細かい肌がぽーっと桜色に染まり、民雄は夢見心地に誘われる。

やはり、尻は大きい。ぷっくりと発達した臀部の上にやや薄めの上半身が乗っかっている。その上体も痩せすぎということはなく、肩のあたりはまろやかな女の丸みを帯びている。乳房もCカップくらいだろうか。さほど大きくはないのだが、上体が薄いためかぐんと飛び出しているように見えて、卑猥感があった。

「いやだわ、お義父さま……そんなに見ないでください」

視線を感じたのか、奈々美が丸まって裸身の凹凸《おうとつ》を隠した。女が恥ずかしがる姿に気持ちをかきたてられながらも、

「ああ、ゴメン。女性の裸を見るのはひさしぶりだから、ついつい……」

冗談めかすことで、ごまかした。

「温まったら、出てくださいね。お背中、流しますから」

「あ、ああ。わかった。出るよ」

民雄はもともとカラスの行水だから、早々と湯船からあがり、勧められるままに洗い椅子に腰をおろした。

頭をもたげつつある股間のものを手で隠していると、奈々美はスポンジに石鹸をつけて泡立て、背中になすりつけてきた。

クリーミーなスポンジが中央から円を描くようにすべるのを感じて、うっとりと目を閉じる。

女に背中を流してもらうなど、いつ以来だろうか。

首すじから肩、背中へと丁寧に洗いながら、奈々美が言った。

「この家に嫁《とつ》いで二年。お義父さまのお背中を流すのは、初めてですね」

「あ、ああ、そうだな」

もう少し話さなければと思うのだが、背中が気持ち良くて言葉が出ない。

「お義父さまの背中、広いわ」

肩ごしに、奈々美の声がする。

「こう見えても、若い頃はスポーツで鍛えたからな……啓介の背中はどうだ？」

訊かなくてもいいことを口に出していた。

「お義父さまほど広くはありませんよ」

「……で、啓介の背中もこうやって流してやっていたのか？」

「はい、時々……」

奈々美が押し黙ったので、

「悪いことを訊いた。思い出させてしまったな」

「いいんです……気づいていらっしゃらないかもしれませんが、お義父さまと啓介さんって、ちょっとした仕種《しぐさ》がすごく似てるんですよ」

「そ、そうか？」

「はい、そっくりです。だから、わたし、お義父さまを見ると、啓介さんを思い出してしまって……あっ、ゴメンなさい」

奈々美はスポンジを置くと、洗面器にお湯を汲んで、肩からお湯をかけた。

石鹸が流されたところで、

「お義父さま……」

奈々美が後ろから抱きついてきた。

背中にゴム毬《まり》のような柔らかな肉の塊が押しつけられるのを感じる。

昂奮《こうふん》よりもとまどいのほうが大きかった。だが、その一方では股間のものが一気に頭をもたげていた。

「寂しいんです。自分でもどうにもならなくて……」

耳元で奈々美の声がする。普段の奈々美の声ではなかった。濡れた女の声がまったりと耳元にまとわりつく。

　奈々美は腋《わき》の下から伸ばした手で胸板をさすってくる。その手がゆっくりと降りていくにつれて、股間の愚息が頭を振った。

　肌を女の手がすべる快感に唸っていると、指が勃起に触れた。

　まさかの行為に驚きながらも、触れられた箇所から、電流のような快美感が走り抜ける。

　いったん引いていった女の指が、ふたたび分身に触れた。今度はおずおずと握ってくる。

　熱い吐息が耳元にかかった。

　茎の真ん中あたりを強弱つけて握っていた指が、肉の柱を這いあがった。

　亀頭の出っ張り部分を確かめるようになぞり、また降りていく。

　今度はゆったりと擦りはじめた。包皮を亀頭冠にぶつけるようにしごかれると、頭のなかで火花が散った。

　このまま身を任せたかった。だが、そうしてしまえば、自分は犯してはならない一線を踏み越えることになる。

(ダメだ。それは！)

　民雄は必死に理性を働かせて、奈々美の手をつかんで動きを止めさせた。

「今度は、私が奈々美さんの背中を流してやる。ここに座って」

奈々美の気持ちを傷つけないように言葉を選び、立ちあがった。

「ゴメンなさい。わたし……」

「いいんだ。さあ、座って」

せかすと、奈々美はプラスチックの洗い椅子に腰をおろした。

少し前に屈んで、両腕で胸のふくらみを覆い、自分がしたことを恥じるように小さくなっている。

そんな姿にそそられるものを感じながら、民雄はスポンジに石鹸をなすりつける。

奈々美の丸くなった背中にスポンジをすべらせた。

女の背中には年齢が出ると言うが、奈々美の背中はシミひとつなく、絹のようにきめ細かかった。透《す》き通るような肌に薄いピンクを浮き立たせたもち肌を、肩甲骨《けんこうこつ》から腰にかけてなぞりおろしていく。

きゅっと締まったウエストから、S字曲線を描いてふくらんだ立派なヒップが椅子の上に乗っている。

(義父らしい態度を取らなければ……)

自分に言い聞かせていた。だが、股間のものはずっと勃ちっぱなしで、痛いほどだ。

(まるで童貞のようじゃないか。もう、還暦も近いというのに……)

そう自分を嘲笑《あざわら》うものの、心のどこかで若者のようにそそりたつ分身に誇らしさを感じていた。

バイオリンのように見事なくびれをなす背中を洗い終えても、やめる気にはならなかった。

もう一度、スポンジに石鹸をなすりつけて、脇腹のあたりにすべらせる。

すると、奈々美がびくっと震えて、腋を締めた。

「大丈夫か？」

「あ、はい……すみません」

ふたたび緩んだ腋から脇腹にかけてを洗っていると、奈々美がその手をつかんで、胸のふくらみに導いた。

びっくりして引こうとする手を、奈々美が押さえつける。

「わたしの身体、魅力ないですか？」

唐突に、奈々美が言った。

「な、なんで、そんなこと言うんだ？」

「啓介さんは出て行ってしまうし……さっき、お義父さまも……」

「いや、さっきああしたのは、そのせいじゃないよ。その反対だよ」

「…………」

「啓介だって、あなたがどうのこうのというんじゃないさ」

「でも、女ってああいうことされると、すごく自信を失くすんですよ。精神的にも肉体的にも……」

奈々美がうつむいたので、啓介はスポンジを捨てて、じかに乳房をつかんだ。たわわとは言えないが、それなりの量感はある。柔らかな乳房が指にまとわりついてくる。

「オッパイだって、ちょうどいい大きさじゃないか。もち肌で、触っているだけで気持ちがいい」

「そ、そうでしょうか？」

「ああ、ほんとうだ。自分に自信を持ちなさい」

そう言った手前、すぐには胸から手を外せなかった。

やわやわと揉んでいるうちに、股間のものは天を突く勢いで怒張してきた。

「うっ……！」

奈々美がビクンと顔をのけぞらせた。指先が乳首に触れたようだ。

こうなると、もう、自制心が利かなかった。

(ダメだ。こんなことをしては……)

自分を責めながらも、乳首を転がしていた。

指で側面をさすりながら、かるくひねってやる。

「うっ……ぁあぁぁ……くうぅぅぅ」

感じているのか、奈々美は前に屈み、いやいやをするように首を振った。それから、反対に上体を立ててのけぞるようにして背中を預けてくる。

ぷっくりとふくらんだ乳暈《にゅううん》から、硬くしこってきた乳首を三本の指を使って愛撫するうちに、奈々美は震えはじめた。

震えは下半身にも及び、立てられた膝から太腿にかけて痙攣《けいれん》が走った。

「ああ、お義父さま……」

奈々美は後ろ手に、片手を民雄の首の後ろにまわした。

閉じられていた足がひろがって、太腿の奥に黒々とした翳《かげ》りが見える。

こらえきれなくなった。

民雄は右手を乳房からおろしていく。あわてて閉じられた太腿をこじ開けて、繊毛の流れ込むあたりに指を届かせる。

濡れた恥毛の奥で、女の肉貝がみだらに息づいていた。

柔らかな肉びらの狭間《はざま》に指を添えると、肉扉が開いて、ぬるっとしたものがまとわりついてくる。

左手で乳房を揉みしだき、右手で濡れ溝をさすった。

「ああ、お義父さま……」

背中をのけぞらせ、椅子に乗せた尻をじりっ、じりっとくねらせる奈々美。

指先が触れた女の苑《その》が、分泌液を増してきた。

(この濡れたところに、自分の硬くなったものを入れたい!)

だが、相手は息子の嫁だ。

理性と欲望がせめぎあい、欲望が勝とうしたその瞬間、脱衣所からケータイの着メロが流れた。

ハッとして、民雄は動きを止めた。奈々美も息を詰めて、着メロを聞いている。

「きっと、啓介さんからだわ」

奈々美は急いで立ちあがり、タオルで身体を隠すこともせずに、ドアを開けた。

開いたドアから、奈々美が赤いケータイをパチッと開いて、応答するのが見えた。

「もしもし、奈々美です……どなた? 啓介さんね。そうでしょ? お願いだから、何か言って!」

奈々美の悲痛な声が聞こえた。

「……わたしは元気です。お義父さまも怒っていらっしゃらないわ。早く帰ってきて! お願い……あっ……もしもし、もしもし、啓介さん!」

奈々美は通話が切れてからもしばらくは啓介の名前を呼んでいたが、やがて、がっくりと肩を落として、その場にしゃがみ込んだ。

「啓介からだったのか？」

民雄が訊くと、

「……はい、たぶん」

「何も喋らなかったのか？」

「はい……ひと言も。でも、絶対に啓介さんだった。わかるんです」

「そ、そうか……かけ直せないのか？」

「はい……番号通知がオフになっていて」

「そうか……」

「すみません……先にあがります」

奈々美はチェストに入っていたネグリジェを取り出して、裸のまま脱衣所を飛び出していった。

ひとり残された民雄は呆然《ぼうぜん》としていたが、やがて、体の冷えを感じてバスタブにつかった。

（啓介も妻の誕生日を覚えていたんだな。おめでとうくらい言ってやればいいのに……しかし、このタイミングでかかってくるとは）

民雄はバスタブに背中をもたせかけて、深い溜め息をついた。

第二章　嫁の痴戯

1

翌朝、民雄が一階に降りていくと、奈々美はすでに起きていて、キッチンで朝食の用意をしていた。

小野家は築五十年を越えた古い家だが、一階部分はリビングからキッチンとダイニングが見えるオープンな造りに改装してあった。

普段なら民雄のほうから挨拶をするのだが、昨夜のバスルームの件があって、いつものようには声をかけられなかった。黙ったまま新聞をつかんで、ダイニングテーブルの指定席に腰をおろすと、

「お義父《とう》さま、おはようございます」

キッチンから奈々美の声がする。

「あ、ああ、おはよう」

普段と変わらない奈々美の様子に安堵感を覚えながら、民雄も挨拶を返す。

朝刊を開いて、記事に目を通していると、奈々美がトーストと目玉焼きの朝食を運んできた。

コーヒーカップに淹《い》れたてのコーヒーを注ぎ終えて、

「お義父さま」

と、声をかけてくる。民雄が新聞を畳むと、

「昨夜のことは、すみませんでした。わたし、酔っていて、あんなことを……」

奈々美が言って、恥ずかしそうに目を伏せた。

「あ、いや……」

「ほんとうに申し訳ありませんでした。お風呂場でのことは、忘れてください」

かるく頭をさげて、奈々美は逃げるようにキッチンに向かう。

(謝ってくれなくて、いいんだが)

民雄のなかでは、すでに奈々美は息子の嫁からひとりの女へと変わりつつあった。

昨夜は蒲団に入っても、奈々美の裸身が瞼《まぶた》の裏に浮かび、とろっとした愛蜜をあふれさせていた恥肉の感触が指先によみがえってきて、いっこうに寝つかれなかった。

輾転《てんてん》とした挙げ句に、恥ずかしいことだが、自家発電をしてしまった。息子の嫁を組

み敷いている姿を想像して。

民雄が奈々美とまともに目を合わせられないのは、そのせいもある。

（こちらをその気にさせておいて、いまさらなかったことにしてくださいと言われても、困る）

そうは思うものの、二人が舅《しゅうと》と嫁の関係であることに変わりはない。

（残念だが、奈々美さんの態度に間違いはない。昨夜は、奈々美さんも誕生日に夫からの連絡がなくて、寂しかったのだ。魔がさしたというやつだ）

自分を納得させていると、奈々美が自分の朝食を運んできて、正面に座った。

ああは言ったものの、やはり、奈々美も昨夜のことが気になっているのだろう。トーストを千切って口に運ぶ仕種も、どことなくぎこちない。

民雄も同じだから、二人の間に息が詰まるような空気が流れた。

重苦しい雰囲気を断ち切るように、奈々美が言った。

「昨日話した茶道教室の件ですが……」

「うん、なに？」

「叔母が、お義父さまの都合がいいときにうちに来て、話をしたいって言うんです。いいですか？」

「ああ、もちろん、かまわないよ。もう二月で、そろそろ青色申告の処理が忙しくなる。早いほうがいいな。叔母さんのほうで指定してくれれば、合わせるから」

「ありがとうございます。早速連絡するように、叔母に伝えます」

奈々美は安心したように微笑んだ。

茶道教室の件は昨日承諾したばかりだから、奈々美は今朝、叔母に連絡を取ったことになる。

(昨夜、無言とはいえ啓介から電話がかかってきて、奈々美さんも安心して、やる気が出たのかもしれない)

そんなことを思いながら、正面に座っている奈々美をちらっと見る。

ブラウスにカーディガンをはおっていた。ブラウスをこんもりと盛りあげた胸のふくらみが気になった。

(ちょうどいい大きさの、形のいいオッパイだったな)

揉みしだいたときの乳房の柔らかな感触がよみがえってくる。

(いかん、忘れるんだ)

民雄は、ブラウスの胸元から視線を外して、コーヒーをずずっと啜《すす》った。

三日後の夕方に、叔母の高梨久仁子がやってきた。

「いつも、姪がお世話になっております」

抹茶《まっちゃ》色の着物を品良く着こなした久仁子が淑やかな仕種で頭をさげるので、民雄も恐縮して挨拶を返す。

会うのは、二年前の啓介と奈々美の結婚式以来だった。あのときも、きれいで品のいい人だと思ったのだが、今こうして見ても、久仁子はちょっとした仕種のなかにも隠しきれない女の色気がにじみでて、それが四十歳という歳相応の落ち着きと上手く溶け合っていた。

「叔母さま、すみません。お忙しいところ、足を運んでいただいて」

奈々美が笑顔で歓待する。

「いいのよ。他でもない、奈々美のことだもの……茶室に使えそうな和室は、どこ？」

「こちらです」

久仁子は着物の裾《すそ》から白足袋《たび》をのぞかせて、奈々美の後をついていく。

見た目の淑やかさと違って、行動的なようだ。もっとも、そうでなければ、茶道教室を開いて多くの生徒に教えることなどできないだろう。

一階の東南にある客間に使っている和室は八畳あって、床の間もついている。久仁子は床の間や床柱をチェックして、

「ここなら良さそうね。合格よ」

奈々美を見て、微笑んだ。ととのった小顔に笑窪《えくぼ》ができて、優美さのなかにも熟女のかわいさがのぞき、民雄はドキッとする。

バスルームでの一件で、長らく眠っていた民雄の男の部分が目を覚ましてしまったようだった。

リビングで久仁子の話を聞いた。

久仁子は、この家なら茶道教室を充分に開けるということを告げると、民雄に向かって身を乗り出してきた。

「ご相談があるんですが……」

「はい、何でしょうか？」

「お義父さまのほうで問題がなければ、わたしをしばらくの間、この家に住まわせていただけないでしょうか？」

思ってもみなかった提案に、民雄はエッと聞き返していた。

「奈々美は両親を幼い頃に亡くしていますでしょう？　それで、わたし、この子の将来を考えて小さい頃からお茶を教えてきたんですよ」

そう言って、久仁子は奈々美を母親のような目で見た。

「ですので、奈々美が教室を開きたいと言ってきたときは、ほんとうにうれしかった。こちらの事情もうかがっていましたから……」

「申し訳ないです。うちのバカ息子が家出したばっかりに」

そう返しながら、民雄は身内の愚行を恥ずかしく感じた。

「わたしとしては、この子の気持ちを尊重してやりたいんです。ただ、奈々美からお聞きになったと思いますが、この歳でお教室を開くのはあまり前例がないんですよ。ですので、誰かが後ろ楯になって、しっかりと支えてやらないと」

久仁子が真剣な眼差《まなざ》しを向けるので、民雄は面映《おもはゆ》く感じながらも、

「そうだとすれば、久仁子さんに支えてもらうしかありませんね」

「はい、そうするつもりです……それで、お教室が軌道に乗るまでは、ここに置いていただきたいんです。お教室が始まってからでけっこうです。一々来てると、行き帰りが大変ですし……」

久仁子が仮住まいすれば、週に何回か開く教室の生徒の面倒を二人で見ることができる。また、奈々美が教室で手が離せないときは、久仁子が家事をすることもできるという。

民雄としても、これほどの美人が二人家にいると想像しただけで、胸が躍る。

「だけど、久仁子さんのご自宅や教室のほうは、大丈夫なんですか？」

「……ご存じのように、わたしは三年前に夫を亡くしていますし、子供もいません。教室のほうはその間、弟子にやらせますので、ご心配は要りません」

「そうですか……でも、そこまでしていただくと、申し訳ないような……」

「奈々美には、幸せになってほしいんです」

久仁子は、隣の奈々美をちらっと見てから、民雄に向き直り、

「ご迷惑はおかけしません。それに……こう見えても、お料理は自信があるんですよ。お義父さまのお口に合うかどうかはわかりませんが……」

ここまで言われて、断る理由などなかった。

「そういうことなら、こちらから頼みたいくらいです。奈々美さんをよろしくお願いします。あと、食事のほうも」

最後は軽口風に言うと、久仁子は安堵したのか、

「わかりました。腕によりをかけて作らせていただきます」

口に手をあてて、上品に笑った。

それから、二人は教室を開く時期や生徒の募集などについて、打ち合わせをする。

民雄はその姿を肘かけ椅子に座って眺める。

久仁子は奈々美の母親の歳の離れた妹だから、血は繋がっている。そのせいもあってか、線が細く、やさしげな顔をしているところは似ていた。

奈々美のほうが細面《ほそおもて》で、久仁子のほうがふっくらしていた。洋服と和服の違いもある。だが、二人が美人であることには変わりはなかった。

茶道教室の準備期間は急いでも一カ月はかかるようだが、その後しばらくは、この二人と暮らすことができる。

(夢のようだな。なんとかして、教室が開ければいいのだが……)

民雄は目を細めて、二人が打ち合わせをする姿を眺めていた。

2

一週間後の深夜、民雄は尿意を覚えて自室を出た。

トイレでジョロジョロと小便をして、廊下に出る。自室に戻ろうとしたところで、夫婦の寝室から女の喘ぎのようなものが聞こえてきた。

「ああうぅぅ……いや、いや……あうぅぅぅ」

紛《まぎ》れもない、奈々美の声だった。

(ひとりで慰めているのか？)

途端に心臓が強い鼓動を刻みはじめた。立ち止まって耳を澄ますと、かすかだが男の声もする。

(うん、どういうことだ？　まさか、男を引き入れているんじゃ？)

奈々美が下半身の欲望に負けて、男と……。いや、それなら、外で逢うだろう。

「ああうぅ……そんなこと、恥ずかしい」

奈々美が誰かと会話を交わしているような声が、はっきり聞こえた。

(おかしい！　やはり、へんだ)

普通なら覗き見などはしないのだが、こうなると事実を確かめたくなる。

民雄は足音を忍ばせて隣室に入り、ベランダに通じるドアを開けた。ベランダに出ると、冷気が一気に押し寄せてくる。

十三夜の月が庭に青白い光を落としているのを眺めながら、腰を折って、寝室に近づいていく。サッシはカーテンで覆われていたが、真ん中あたりに十センチほどの隙間があった。

おそるおそるサッシに顔を寄せる。

ダブルのベッドの上で、奈々美が上体を起こしてこちらを見ていた。

ハッとして、顔を引っ込める。

(な、何をしていたのだろう？)

ベッド脇のスタンドに浮かびあがっていた、奈々美の姿を思い出す。

いつものように水色のネグリジェを着ていた。片手で乳房を揉みしだき、足を開いていた。ひろげられた股間に右手があてがわれていた。

(やはり、オナニーをしていたんだ。だが、男の姿など見当たらなかった。ということは……）

もう一度、おずおずと顔を寄せる。

やはり、奈々美はこちらを見ている。奈々美の声が、サッシのガラスを通じてかすかに聞こえた。

「ああ、啓介さん、そんなことしてはいやです」

そう口走りながら、奈々美はコーナーの一角を食い入るように見て、大きく開かれた太腿の奥に右手の指を走らせている。

コーナーからは青白い光のようなものが放たれて、暗い床に光が踊っていた。

（そ、そうか……確かこのコーナーにはテレビが置かれていたはずだ）

民雄は顔の角度を変えてみた。

すると、斜めになったテレビの画面に、裸の男女の姿が映っているのが見えた。はっきりとは見えないが、男女がからみあっている。

（啓介さんと呼んでいたな。ということは……啓介と奈々美さんがあれをしているところのビデオが流れているのか）

二人がセックスシーンを、戯《たわむ》れにビデオ撮影していたとしても不思議ではない。

事情がわかると、民雄のほうも安堵して、不安がみだらな気持ちへと変わった。

『奈々美、ケツをこちらに向けろよ』

テレビから啓介の声が聞こえた。

『もう、啓介さん、いやっ……明かりを暗くして』

『暗くしたら、よく映らないだろ？　奈々美のオマ×コが』

『いやっ、啓介さんったら……』

テレビから、二人の赤裸々な痴話が聞こえて、民雄の内臓は妙な具合に軋《きし》んだ。

ベッドで奈々美が動く気配がした。

見ると、奈々美は四つん這いになって、尻を高く持ちあげていた。おそらく、ビデオの映像と同じことをしているのだろう。

見事な尻に見とれてしまった。

ネグリジェがまくれて、丸々とした尻がこちらに向かって突き出されている。天井灯のスモールランプに浮かびあがった陰影のある臀部は、今、中空にかかっている十三夜の月と、丸さと白さを競い合っているようにも見える。

奈々美の手が腹のほうから伸びて、双臀の狭間に押しあてられた。

「ああ、啓介さん、見て……」

首をねじって、テレビのなかの啓介に語りかけながら、奈々美は恥肉をひろげた。

（……いやらしくぬめ光っている！）

脳天が直撃されるような衝撃に、民雄は奮《ふる》えた。

Ｖ字に伸びたほっそりした指が開閉するたびに、内部の鮭紅色のぬめりがひろがったり、見えなくなったりする。

「いや、聞かないで……へんな音してる」

そう口走りながらも、奈々美は裂唇をいっぱいに開いて、尻をこちらに向かって突き出した。

自分が誘われているような気になって、民雄の股間のものはぐぐっとパジャマを突きあげてくる。

『いやらしいオマ×コだ。入れるぞ』

啓介の声が聞こえた。おそらく、奈々美はかつて自分がしたことを覚えていて、その行為を追っているのだろう。

(こんなに愛されているというのに、啓介のやつ……)

息子のしでかしたことに腹を立てながらも、民雄のもうひとつのムスコは無分別にいきりたっている。

「ああ、ください。早くぅ」

訴えかけるように言って、奈々美は尻を左右に振った。

『そうら』

啓介の掛け声とともに、奈々美は鋭く呻《うめ》いて、背中を弓なりに反《そ》らせた。

見ると、中指と薬指が尻の狭間に消えていた。

「ああ、いい……ステキ。啓介さんがいるわ。お腹に感じる……ぁあぁ」

喘ぐように言って、奈々美は指の抜き差しをはじめた。

上体を低くして、尻だけを高々と持ちあげた姿勢で、ゆったりと指を動かす。

「ぁうぅぅ……くぅぅぅぅ」

くぐもった声が、サッシを通じて聞こえてきた。

最初はゆるやかだった指の動きが、徐々に激しさを増した。

「あっ、あっ……いい。いいの！」

奈々美のなまの喘ぎが、ビデオから流れる喘ぎと重なり、まるで奈々美が二人いるような錯覚に陥《おちい》って、啓介もたまらなくなる。

貞淑でおとなしすぎると思っていた息子の嫁が、過去の自分に自分を重ねて、破廉《はれん》恥《ち》なひとり遊びで自分を慰めている。

スタンドの薄明かりに、奈々美の左手がシーツを持ちあがるほどに握りしめ、右手を忙しく抜き差しする姿が浮かびあがっている。

（ダメだ。こんなことをしては……）

自分を叱責しながらも、民雄はパジャマのなかに右手を入れて、猛《たけ》りたつものをしごいていた。

ゆるやかな快美感が次第にさしせまったものになるにつれ、奈々美の指がうがっている箇所にそれを突き入れたいという欲望が募《つの》ってきた。

（こんなになっても、耐えなくてはいけないのか！）

民雄は歯軋りしながら、さかんに分身を擦る。

そのとき、奈々美の声が聞こえた。

「ああ、啓介さん、帰ってきて……寂しいの。寂しいよ……早く、早く戻ってきて、奈々美を抱いてください。そうしないと、わたし……」

啓介が早く戻ってこないと、どうなるというのだ。

（耐えきれずに男に抱かれてしまうというのか。その相手は、もしかして私か……）

民雄の体を稲妻に似たものが走り抜け、握っている分身がビクンと躍りあがった。

分身を擦りたてた。

もう少しで射精というところまで追い込まれて、足元がふらついた。そのとき、ガシャンと何かが落ちる音がした。

ハッとして見ると、ベランダの椅子に載せてあったバケツが、床に落ちて転がっていた。

（うっ、いかん！）

民雄はしゃがんで、音を立てて転がっているバケツを必死に押さえた。

かなり大きな音がした。聞こえたに違いない。

おそるおそる部屋のほうを見ると、鍵《かぎ》の外れる音がして、サッシが開いた。

ネグリジェ姿の奈々美がサッシから顔を出して、こちらを見た。

「お義父さま……！」

眉根を寄せて、民雄を訝《いぶか》しげに見る。

「あっ、いや……これは」

民雄は言い繕《つくろ》おうとするが、とっさに言葉が出てこない。

そのとき、奈々美の視線が民雄の下腹部に落ちた。

猛りたつ肉の棹が、いまだにいきりたっていた。

「いやっ……」

奈々美は視線を外して、後退《あとずさ》った。

民雄はあわててパジャマのズボンを引きあげる。このまま退散するわけにはいかなかった。

「これには、訳があるんだ」

寝室に踏み込んで、サッシを閉めた。寝室は暖房が効いていて、外の寒さが嘘のようだった。

テレビの画面には、奈々美と啓介のセックスシーンが映し出され、奈々美の喘ぎ声が聞こえる。

　顔を真っ赤に染めながら、奈々美があわててリモコンをつかんで、ビデオのスイッチを切った。

　それから、ベッドに崩れるように座り、いやいやをするように首を振った。

「奈々美さん、これには訳があるんだ。聞いてくれ。トイレに立ったら、寝室からあのときの声が聞こえた。男の声も聞こえたから、何だろうと不審に思ってベランダから……そうしたら、奈々美さんが……だから、ついつい」

　奈々美は両手を前で交差させて、ネグリジェの胸元を隠した。

　自分のオナニーシーンを見られて、恥辱にさいなまれているのだろう。恥ずかしそうに自分の身体を抱きしめる奈々美を見ているうちに、黒々とした欲望がうねりあがってきた。

　奈々美はブラジャーもパンティもつけていないはずだ。ネグリジェの下には裸身が息づいているのだ。

　風呂場で見たたおやかな裸身と濡れていた恥肉の記憶がよみがえり、それが先ほど見たオナニーシーンと重なって、よこしまな欲望がせりあがってくる。

（ダメだ。相手は息子の嫁じゃないか。何を考えているんだ。このまま、さっさと部屋を出るべきだ）

そう思うものの、股間のものは痛いほどにいきりたち、それが民雄の足を止めさせていた。

「悪かった。謝るよ、許してくれ」

民雄は言葉とは裏腹に、奈々美の隣に腰をおろしていた。

肩が触れると、奈々美はビクッとして身体の位置を変えた。

そのとき、甘酸っぱい体臭がふわっと匂い立ち、それが民雄に最後の一線を越えさせた。

「奈々美さん……」

肩に手をまわして、後ろに倒していた。

「あっ……」

身体を逃がそうとする奈々美を、正面から抱きしめる。

「ダメです。お義父さま、許して」

奈々美が突き放してくる。

「寂しいんだろ。私が慰めてやる」

自分でも驚くような言葉を口走っていた。

「あんなところを見せられては、私だってたまらないよ」

背中に手をまわして抱き寄せると、奈々美のしなやかな身体がのけぞりかえった。

「やめて……お義父さま、いけません」

「奈々美さんだって、風呂場で私を誘ったじゃないか。あのとき、啓介から電話がかかってこなかったら、二人はどうなってたと思う？」

思わず言うと、奈々美の抵抗がゆるんだ。

「頼む、啓介が帰ってくるまで、息子の代わりをさせてくれ。啓介が帰ってきたら、私は身を引く。それまで、私を啓介だと思えばいい。やつには絶対に秘密にしておくから」

民雄も必死だった。こうなったからには、途中でやめるわけにはいかなかった。

「悪いようにはしない。奈々美さんも寂しいんだろ？　私が啓介の代わりをする。いや、させてくれ」

左手で顔をかき抱き、右手を身体のラインに沿っておろしていった。そのまま後ろにまわし込んで、尻をさすってやる。

布地越しに、丸々とした尻のふくらみを感じる。上から下へ、下から上へとなぞり、さらに丸みに沿って尻たぶを撫でまわす。

奈々美は拒もうとはせずに、必死に何かをこらえている様子だ。

（いいんだ。いいんだな？　ビデオを見てオナニーをするほどだ。下半身の寂しさは限界を迎えているに違いない）

民雄がネグリジェをたくしあげながら、裾のなかに手を入れると、ひんやりした尻を感じた。

「うっ……！」

尻たぶがきゅっと引き締められる。

かまわず、尻たぶをさすった。女の肌とはこうもなめらかだったのか。

シッカロールを塗り込めたようなすべすべの尻が、手のひらのなかで弾む。

「奈々美さん、いいんだな？」

奈々美の気持ちを確かめたかった。

「……このことは、誰にも絶対に言わないでくださいね」

奈々美が胸のなかで、囁くように言う。

「わかっている。口が裂けても言わないよ」

「……啓介さんが帰ってきたら……」

「わかっている。私は身を引く。奈々美さんは啓介の妻に戻ればいい」

奈々美は少し考えてから言った。

「……一度だけですよ」

「ああ、わかった。一度だけだ」

民雄は右手を尻から前にまわし込むと、太腿に手をすべらせて、下のほうから内腿《うちもも》を這いあがらせるように股間に指を届かせる。

左右の太腿がぎゅうと手首を締めつけてきた。

柔らかな繊毛の流れ込むあたりに、湿った肉の唇が息づいていた。さすりながら、奈々美を仰《あお》向《む》けにする。

まくれあがったネグリジェから、たおやかな太腿が伸びていた。

横を向いた奈々美の顔に見とれながら、太腿の狭間をなぞりつづけると、

「くうぅぅぅ……」

奈々美が手を口に持っていって、洩れかかる声を押し殺した。

指が触れている箇所が潤みを増して、ぬるっとした感触を伝えていた。肩幅に開いた足が太腿を中心にぶるぶると震えはじめる。

敏感だった。もう半年も抱かれていないのだ。女盛りを迎えた身体は、触れなば落ちんという状態にあるのだろう。

民雄は、あがりはじめた顎から首すじにかけて、キスをする。

唇へのキスも考えたが、さすがにためらわれた。

喉元にかるく唇を押しつけただけで、奈々美は「あっ」と声をあげて、繊細な顎をくくっと突きあげる。

右手の指先に感じる潤みもいっそうトロミを増し、蜜を塗り込めたような感触でぬ

るっ、ぬるっとすべる。

(こんな感じやすい妻を放っておく、啓介の気持ちがわからない)

民雄は、ネグリジェの襟《えり》元からのぞく鎖骨にもキスをして、骨の形をなぞるように舐めてやる。

「あっ……くくぅぅぅ」

奈々美はのけぞるほどに喉元をさらして、歯をくいしばる。

その下で、ネグリジェが乳房の形を浮きあがらせていた。盛りあがりの先にツンと突起がせりだしている。

たまらなくなって、左手で乳房をつかんだ。

感触を確かめるようにやわやわと揉むと、布地越しでも柔らかなふくらみの弾力が伝わってくる。

じかに触れたくなって、開いた胸元から手を斜め下に向かって差し込んだ。やんわりとしたふくらみが指先に感じられる。

ちょうどいい大きさの乳房をやさしく揉み、突起をさぐりあてて指先で転がしてみた。すると、柔らかかった乳首が瞬時にしこって、せりだしてきた。

「ああ、お義父さま、いやっ……」

奈々美がその手をつかんで、首を左右に振った。だが、それが形だけのものであることはわかっている。

「敏感だね。あっという間に硬くなった」

乳首をいじりながら言う。

「ああ、それは……恥ずかしいわ、お義父さま」

閨《ねや》の場で、息子の嫁に「お義父さま」と呼ばれると、全身に奮えがきた。

舌でかわいがりたくなって、ネグリジェを押しさげながら乳房を引っ張りあげる。

隠れていた房が現れて、赤くせりだした乳首が目に飛び込んでくる。

初々《ういうい》しささえ感じる若い乳房を手で絞り出しておいて、乳首を吸った。

「ぁあうぅぅ……うっ……あっ、くぅぅぅ」

押し出すような声とともに、奈々美は肩をつかむ指に力を込める。

民雄は夢中で、乳首を舐めしゃぶり、舌で弾《はじ》いた。

下から上へと舐め、横揺れさせて突起を撥《は》ねる。

女を抱くのはひさしぶりなのに、体が性技を覚えていることが不思議だった。

乳首から離れ、乳暈を円を描くように舐めてやる。そうしながらも、右手では濡れ溝をさすりつづけた。

「あっ、あっ……ぁあぁぁうぅぅ……」

奈々美の洩らす喘ぎの質が変わった。

なおも乳首をかわいがると、腰がもどかしそうに横揺れしはじめた。もっと触ってとでも言いたげに、下腹部をせりあげるようなこともする。

猫の毛のようにソフトな繊毛とともに、やや硬い恥丘がせりあがってきて、濡れ溝が押しつけられる。

民雄は思い余って、乳首を乳暈ごと強く吸った。

「くうぅぅぅ……」

鳩が鳴くような声を洩らし、奈々美はブリッジするように背中を浮かせた。

3

「奈々美さん、足を開いて」

「ああ、いやです」

「いいから、しなさい」

仰向けになっている奈々美が、おずおずと足をひろげた。ネグリジェはたくしあげられている。

膝がひろがるにつれて、下腹の翳りとその奥の女の苑が目に飛び込んできた。

「ううぅ、見ないで」

奈々美が顔をそむけた。

（おおぅ、これが奈々美さんの……！）

長方形に繁茂する恥毛は濃く、艶《つや》やかだ。だが、手入れをしているのか、陰唇の周囲には毛むらは見られなかった。そのせいか、唇を縦に突き出したような肉びらは清潔感があった。色合いも形も清新そのものだ。

フリルのように波打つ肉の萼《がく》はわずかにひろがって、内部の鮭紅色にぬめる粘膜をのぞかせている。

（この濡れた粘膜が、奈々美さんに大胆なことをさせるのだな）

膝を押さえつけて見入っていると、奈々美が片手を伸ばして、恥部を隠した。

「ダメだ。奈々美さん、この手を外しなさい」

叱責すると、股間を覆っていた手がおずおずと引いていく。

民雄は顔を寄せて、舌を下から這いあがらせた。

「ううぅっ……！」

開いた足を内股にして、奈々美は民雄の頭をつかんだ。

かまわず舐めしゃぶると、くぐもった声が洩れて、鼠蹊部《そけいぶ》がぶるぶる震えだした。

「敏感だね、奈々美さんは」

唇を接したまま言うと、奈々美はいやいやをするように首を振った。

先ほどから、プレーンヨーグルトのような匂いが強くなっていた。左右の肉びらもひろがって、鮭の切り身に似た内部がひくひくとうごめく。

陰唇を掻《か》きわけるようにして、濡れ溝を何度も上下に舐めた。

いったん退《しりぞ》き、くすんだ周囲のふくらみを焦《じ》らすように舌でなぞった。すると、奈々美はもどかしそうに腰を横揺れさせた。

やはり、じかに刺激が欲しいのだろうと思って、左右の肉びらをまとめて吸ってやる。薄く切ったコンニャクのような肉層を口のなかで揉みしゃぶると、

「くうぅぅぅ……ぁあぁぁ、お義父さま、それ、ダメっ」

奈々美は、民雄の頭を突き放そうとして腕に力を込め、激しく首を左右に振った。

「どうした？」

「ああ、わからないわ。でも、とにかくダメです」

「……もしかして、こういうことはされたことがないの？」

民雄は顔をあげて訊いた。

「……はい。いえ、少しだけ。でも……」

奈々美が答えて、顔をそむけた。

(こんな当たり前の愛撫をないがしろにしているとは、啓介のやつ、どんなセックスをしていたんだ？)

あんなビデオを撮影するくらいだから、それなりのセックスをしているのかと想像していたのだが、違ったようだ。

考えたら、民雄も若い頃は女体を舐めるよりも、ペニスを舐められるほうが好きだった。啓介も同じなのだろう。

（こんな感受性の豊かな妻を娶りながら、もったいないことをしているな）

そう思いつつ、民雄はふたたびクンニに集中した。

奈々美に両膝を抱えさせておいて、自由になった手で女陰を押し開いた。

蝶々が展翅《てんし》されたように媚肉がひろがって、その鮮やかな色合いと外部のくすんだ色の対比が卑猥だった。

蝶の羽根の部分に丹念に舌を這わせた。

さらに、胴体部分を舐めあげていき、あふれでた蜜をなすりつけるように、上部の突起に舌をからませる。

「ぁあうぅ、そこ……！」

鋭い反応を見せて、奈々美は下腹部をいやらしく波打たせた。

「クリちゃんが感じるんだね？」

「……はい、はい……」

それだけ答えるのが精一杯の様子で、奈々美は顔をのけぞらせる。

民雄は両手の指を添えて、包皮を剥いた。莢《さや》が外れて、赤い突起がぬっと現れる。おそらく、本体は小さなほうだった。だが、丸みを帯びた繊細な尖《とが》りが、いじってほしいと言わんばかりに自己主張している。

顔を寄せて、かるく舐めてみた。

「うっ……！」

鋭い呻きが迸《ほとばし》り、ビクンと全身が揺れた。

敏感である。強い刺激はかえってつらいかもしれない。そう考えて、周囲に円を描くように舌を走らせると、それだけで、奈々美はがくがくと震える。

(本体に強い刺激を加えたら、どうなってしまうんだろう？)

思い切り吸ってみたいという気持ちを抑えて、徐々に円周を狭めていく。

本体にたどりつき、舌をちろちろと横揺れさせた。唾液を載せた舌で尖りを弾くようにすると、

「くくうぅぅ……！」

奈々美は背中が浮くほど肢体をのけぞらせて、恥骨を押しつけてくる。

「気持ちいいんだね？」

唇を接したまま訊く。

「はい……」

「こういうことは、されたことないの？」

「……いえ。でも、少し強すぎて……」

啓介は若さに任せて力任せの愛撫をしているのだろう。

民雄は今度は下から上へと尖りを舐める。ソフトに、唾液を塗り込めるように舌でなぞる。

それから、舌を上下左右に縦横無尽に動かし、かるく吸ってみる。

すぐに吐き出して、また繊細なタッチで突起をあやす。

すると、小さかった肉の豆が可哀相《かわいそう》なほどにふくらみきり、同時に全身が大きく震えはじめた。

「ああ、ぁあああぁ……くうぅぅぅ……はぁあああぁ、ぁあああぁ、お義父さま、お義父さま……」

奈々美は譫言《うわごと》のように、民雄を呼ぶ。

「どうした？」

奈々美は自らの手で膝をあさましくひろげた姿勢で、民雄を見た。黒目勝ちの瞳が焦点を失くしたようにぼぅと霞《かす》み、そのとろんとした目が雄の部分をかきたてた。

「どうした、奈々美さん？」

再度訊くと、奈々美は今にも泣き出さんばかりに眉根を寄せて、

ているのだろう。


「あぁあぁ……お義父さま……」

切なげに喘ぎながら言って、腰を焦れたように横揺れさせた。

柔らかく波打つ黒髪が紅潮した顔にほつれついて、むんっとした色香が匂い立っている。

「ふふっ、どうした？　言わなければ、わからないだろう」

訊きながら、右手の中指で裂唇の狭間をぬるっ、ぬるっと擦りあげてやる。

「ううううぅ……」

自分から欲しいとは言えないのか、奈々美は唇を噛《か》んで首を激しく左右に振って、嗚咽に似た声を放った。

民雄もこらえきれなくなっていた。

いったん立ちあがり、パジャマのズボンをブリーフとともにおろした。

分身が猛りたっていることがうれしかった。こんなに長時間、勃起しつづけていることが信じられない。

息子の嫁を相手にすることで、いつも以上の昂奮を覚えているのかもしれない。

見ると、奈々美の視線がいきりたつものに釘付けになっていた。

男根をじっと見ることの恥ずかしさより、さしせまった欲望のほうが勝っているのだろう。

民雄は膝を突き、分身を握った。ゆったりとしごきながら、

「これを、入れてほしいんだね？」

訊くが、奈々美は唇を嚙んだままだ。

「入れてほしいんだね？」

再度問うと、奈々美は顎を引くようにしてうなずき、そのことを恥じるようにきゅっと唇を嚙んだ。

（義父に挿入を頼む気持ちは、どんなものなのだろう？）

その気持ちを思うと、民雄も昂《たか》ぶった。

「よし、入れてやる。膝を持ったままだぞ」

民雄は肉の棹をつかんで、あらわになった濡れ肉に切っ先を押しつけた。潤みに沿ってずりずりとなすりつけておいて、

「どこに入れたら、いいんだ？　奈々美さん、あてがいなさい」

わかっていて訊くと、奈々美は右手を膝から外して、猛りたつものをつかんだ。

導いて、切っ先を秘孔に添える。

「ここで、いいんだな？」

「はい……」

答えて、奈々美は下からじっと見あげてくる。男を受け入れる覚悟をした女の表情

がエロティックだった。

民雄は開いた足を、その外側から腕で押さえ込むようにして前に体重をかけた。ごく自然に、硬直が女の筒に押し込まれていく。

窮屈だった。一気には入っていかなかった。

狭い肉の筒を亀頭部が押し広げ、何度もつかえながらも、少しずつ埋まっていく。そのほつれるような感触が女を犯しているという実感を募らせる。

途中から障害物がなくなり、後はぬるぬるっと埋まり込んでいく。

「くぅぅぅ……」

奈々美が両手でシーツを引っ掻くのが見えた。

(くおぉぉぉ……！)

民雄も心のなかで唸っていた。熱せられたゼリーに分身を突っ込んだようだった。

(女体とは、こんなにも気持ちいいものだったのか)

滾《たぎ》る女の壺が男根を柔らかく包み込んでいる。

まだ動かしてもいないのに、民雄の分身は歓喜で嘶《いなな》き、体内で躍りあがっている。

こんなことはあまり体験がなかった。

(どうしてだ？　息子の嫁を奪ったからだろうか？)

じっとしているのに、喜悦が全身を貫いている。

そのとき、奈々美の内部がうごめいて、分身をきゅいっ、きゅいっと内側に手繰《たぐ》りよせるような動きを示した。

「くうぅぅぅ……」

民雄は奥歯をくいしばって、射精感をやり過ごした。

それから、ゆったりと抽送《ちゅうそう》する。自分で動かしているのではなく、動かされている感じだった。

ひろがった膝を両側から腕でつっかい棒をするようにして、前屈みになり、ゆったりと抜き差しを繰り返す。

腰のところで身体を二つ折りにされながら、奈々美は顔の両側に腕をあげて打ち込みに耐えている。

その赤子のようなポーズが、ひどく愛らしかった。

まったりとした肉襞《にくひだ》が、分身に粘っこくからみついてきて、抜き差しするたびに快感が高まった。

（ああ、これだ。これを私は忘れていた）

下腹部に甘い愉悦《ゆえつ》が溜まるのを感じながら、ゆったりと腰をつかう。

奈々美は顔をそむけて湧きあがるものをこらえていたが、やがて、正面を向き、顎をせりあげた。

「くぅぅぅ……ぁあぁぁ……ぅうあぁぁぁぁぁ」

抑えきれない女の声を放った。

奈々美はそれを恥じるように、右手を口に持っていって、手の甲を噛んだ。

民雄が腰づかいを速めると、その手をシーツに落として、

「ぁあぁ……！」

シーツを鷲《わし》づかんだ。

「いいんだね？」

わかっていて訊く。

「はい……はい……いいの。いいんです」

民雄は「息子にされるのとどちらが気持ちいい？」と口から出かかった言葉を、呑み込んだ。

下腹部をせりだし、切っ先を奥まで届かせておいて、そこで腰をまわすようにして子宮口をぐりぐりと擦った。

「くぅぅぅ……ああ、お義父さま……ぅうぅぅぅ」

シーツを握りしめて、顔が見えなくなるほど首から上をのけぞらせる奈々美。

「気持ちいいのか？」

「はい……はい……おかしくなる」

民雄はその状態で、腰を思い切り躍動させて、奥のほうにストロークを叩き込む。

「うっ……うっ……いやぁあああぁぁぁ」

奈々美は逃げようとでもするように身体をひねり、シーツを掻いた。

（このままつづけたら、奈々美さんはどうなるのだろう？）

だが、体力のほうが持たなかった。民雄は突いていた手を浮かせて、前にかぶさった。

奈々美の肩口から右手を首の後ろにまわして、ぐいと抱き寄せる。そうしておいて、かるいジャブをつづけざまに放つ。

「あっ、あっ、あっ……」

喘ぎをスタッカートさせて、奈々美がぎゅっとしがみついてきた。

目の前に、息子の嫁の愛らしい顔があった。気づいたときは、唇を奪っていた。

「んんんっ……」

奈々美は唇を振りほどこうともがいていた。だが、執拗に唇を重ねるうちに、抵抗がやんだ。

ぷっくりとした形のいい唇を挟むようにして吸い、舐める。唇を押しつけて歯列をさぐると、息が洩れるような声とともに隙間ができた。

舌を押し込んで、歯茎《はぐき》から口蓋《こうがい》にかけて舌を伸ばす。

甘い吐息が匂った。

口腔で舌をぶつけ、からみあわせた。

いったん唇を離して、言った。

「奈々美さん、舌を突き出して」

赤い舌がおずおずと差し出されてきた。伸びてきた舌に、舌先をからませ、ちろちろとくすぐった。

細長く薄い女の舌を頬張ってから、ちゅるっと吐き出した。

「ぁあぁ、お義父さま……」

奈々美が下から艶《なまめ》かしく見あげてきた。

民雄はふたたび唇を重ねながら、下半身を波打たせる。

分身が蕩《とろ》けた内部を攪拌《かくはん》する感触が伝わり、奈々美はくぐもった声を洩らしながらも、民雄の頭髪を撫でさすってくる。

奈々美は足をM字に開いているので、切っ先が奥まで届いて、快感がぐぐっと高まった。

民雄は唇を合わせながら、つづけざまに腰を躍らせた。

とろとろに溶けた肉襞が、分身にまとわりついてきて、ひどく気持ちがいい。

「ううっ……ううっ……」

奈々美も懸命に舌を吸い、からませていたが、やがてキスしていられなくなったのか、顔をそむけて、

「ぁあああぁぁ、いいっ……ダメ、ダメ、ダメっ」

いやいやをするように首を振った。

「何がダメなんだ？」

「ああ、わからない。とにかくダメなの……くるわ。何かがきそう」

奈々美が肩口にまわした腕に力を込めた。

「いいんだぞ。イッて……恥ずかしがらなくていいからな。そうら……」

息子の嫁を抱きすくめながら、激しく腰を打ち据えた。

肥大化した扁桃腺のようにふくらんだ内部をうがつと、甘い快感が急激に込みあげてくる。

歳を経るにつれ、ペニスの感覚が鈍くなるのか、遅漏気味になっていた。だが、今回は違う。女を知ったばかりのときのように射精感が早々と込みあげてきた。

「そうら、奈々美さん。そうら」

つづけざまに打ち込むと、

「あっ……あっ……ぁあああぁぁ、お義父さま、くる。きそう……いやぁあああぁぁああ」

奈々美はひしとしがみついてくる。

「おおぅ、そうら」

丹田《たんでん》に力を込めてピンコ勃《だ》ちにさせた分身で、膣の天井のざらつきを擦りあげた。待っていたものが訪れそうだった。喫水線を越えて、射精前に感じる切迫感がせりあがってくる。

それをさらに確実にしようと、民雄は腕を立て、腰から下を激しく連続して叩きつけた。

「あっ、あっ、あっ……イキます……お義父さま、イクぅ」

奈々美が両手でシーツを持ちあがるほど握りしめ、喉元をいっぱいにさらした。

「そうら、イケ」

ぐいっ、ぐいっとえぐりたてると、

「イクぅ……やぁあああぁぁぁぁぁぁ……はうっ！」

奈々美は顎を突きあげて、のけぞりかえった。

民雄も発射しそうになって、とっさに分身を引き抜いた。さすがに中出しはためらわれた。

抜いたはなから、白濁液が糸を引くように洩れて、奈々美の身体に飛び散った。

ネグリジェを白い粘液でべっとりと汚されながらも、奈々美は横たわって女が気を遣《や》ったときの静かな呼吸をしている。

民雄も心の底からの充足感を覚えた。

限界以上に腰をつかったためか、荒い息づかいがなかなかおさまらなかった。

そのことを恥じながらも、民雄はベッド脇のティッシュボックスからティッシュを抜き取って、胸元まで飛び散った精液を、拭いてやる。

「あっ……す、すみません」

奈々美は自分で拭こうとするのだが、どうにも力が入らないのか、ぐったりと仰臥《ぎょうが》する。

ネグリジェに付着した白濁液を拭《ぬぐ》い終えて、民雄はすぐ隣に横になった。

しばらくすると、奈々美がよじり寄ってきた。とっさに腕枕すると、奈々美は二の腕に頭を載せて、胸板に顔を寄せてくる。

その甘えつくような仕種に、男心をそそられた。

奈々美は無言で、肩口に顔を載せている。

民雄もひと言も発せずに、奈々美を腕枕していた。

息子の嫁を抱いてしまったのだ。こんなときに何を言えばいいのだろう？

やがて、奈々美が言った。

「お義父さま、今夜はずっとここにいて……今夜だけでいいんです」

「あ、ああ。わかった。そうするよ」

そう答えながら、民雄は奇妙な胸の疼きを感じていた。

第三章　茶室の閨房《けいぼう》

1

その日、民雄は客間の和室に正座して、奈々美がお茶を点《た》てる姿を眺めていた。明日から、叔母の久仁子が引っ越してくる。その前に、奈々美がお茶の練習をしておきたいというので、つきあっているところだ。

床の間には掛け軸がさがり、花瓶には一輪の白い椿《つばき》の花が活《い》けてあった。

炉には鉄釜がかけてあり、その前に着物姿の奈々美が正座している。

赤茶色の地にところどころに縦のラインが走るシックで女らしい着物に、ベージュ系の帯を締めていた。後ろで結われた髪には鼈甲《べっこう》の簪《かんざし》が斜めにささり、日頃見たことのない奈々美の淑やかな和服姿に、民雄は見とれてしまう。

（私はこの女を抱いたんだな）

二週間経った今でも、身悶えをして昇りつめた奈々美の姿をはっきりと思い出すことができる。

会計士の仕事のほうは、青色申告の時期で多忙を極めていた。だが、忙しくなればなるほどに、奈々美の身体が恋しくなった。

何度も奈々美の寝室に忍び込もうとした。だが、あのとき交わした「一度だけ」という約束が、民雄をためらわせていた。

男と女が情事の前に口にする「一度だけ」という言葉など、守られた試しがない。あれは、男と女が一線を越えるための口実みたいなものだ。そんなことはわかっている。

だが、二人の場合は特別だ。奈々美にとって民雄は義父であり、民雄にとって奈々美は息子の嫁である。そこまで考えて、しかし、と思う。

(啓介はもう半年以上も失踪している。帰ってくるかどうかもわからないのだ。奈々美は未亡人みたいなものじゃないか。そんな女の寂しさを紛らわしてやることのどこが悪いのだ?)

下半身にむずむずしたものが這いまわっている。そんな疼きを忘れようとして、民雄は器《うつわ》に載っているお茶請《う》けの菓子を口にする。

魚の形をしたラクガンを齧《かじ》り、花をかたどった生菓子を口に運ぶ。白あんの甘さを

味わっていると、

「大丈夫ですか、お義父《とう》さま。足は痺れていませんか？　足をお崩しになっていいんですよ」

奈々美が気をつかって、声をかけてくる。

「あ、ああ。なんとか大丈夫だ」

実際のところは、足首のあたりがジンとしていた。だが、耐えられないほどではない。親指の位置を変えていると、「シャッ、シャッ、シャッ」と音がする。

畳に正座した奈々美が、お茶を点てていた。

右手に持った茶筅《ちゃせん》をかろやかにまわし、抹茶をかき混ぜる。最後にのの字を描くようにして、茶碗から引きあげた。

茶筅を立てて、右手で茶碗を取り、左手の手のひらに載せてまわし、膝の横に置いた。

師範の資格を持っているのだから当たり前のことだが、一連の動きには無駄がなく洗練されていた。

その優美ななかにも凜《りん》としたところのある所作と姿に、民雄は日頃とは違う奈々美の魅力を見いだして、あらためて惚れ直した。

奈々美が茶碗を運んできて、民雄の前に置き、両手を畳に突いて頭をさげた。

民雄も頭をさげると、奈々美はさがって元の位置に戻った。

どうしていいかわからずに、訊いた。

「奈々美さん、飲み方を教えてくれないか？」

「ふふっ、いいんですよ。ご自由にお飲みになって」

奈々美がこちらを見て、微笑んだ。

「よく茶碗をまわすじゃないか。あれは、なぜやるんだ？」

「正面を避けるためです」

「ああ、なるほど。で、正面とは？」

「今、お義父さまのほうに向いているほう。だいたい、柄《がら》が入っているんですよ」

そう言われてみれば、萩焼《はぎやき》らしい釉薬《うわぐすり》のたっぷり載った器の、こちら側には竹の模様がついている。

「右手で茶碗をつかんで、左の手のひらに載せ、時計回りに二度ばかりまわしてください。それで、充分です」

奈々美の教え方はわかりやすく、丁寧だった。

(これなら、上手く教えられるかもしれない)

安心しつつ、言われたように茶碗を取りあげた。

「三口半《みくちはん》くらいで飲み干すのが、いいんですよ」

奈々美がすかさず助言してくれる。

うなずいて、民雄は茶碗をまわし、口をつけて一度、二度と数えて、三口半で抹茶をズッと飲み干した。

さほど渋くも甘くもない。口に入れると、まだ舌に残っていた和菓子の甘さと溶け合って、絶妙なハーモニーが後を引く。飲み終えて、茶碗を置くと、

「いかがでしたか？」

奈々美が訊いてきた。

「あ、ああ。美味しかったよ。特別どうとは言えないが、また味わいたいという気になる。それに……この整然とした静けさがいいね。花嫁修業の女性にお茶を習わせるというのがよくわかる。こういうことをしてれば、自然に立ち居振る舞いがお淑やかになるだろうね」

感想を述べると、奈々美が微笑んだ。

「よかった。お義父さま、お茶の心を理解するのが早いわ。お稽古のときにも顔を出してくださいね。男の方がいらっしゃるだけで、雰囲気が違うんですよ」

「そうだな。時々は顔を出すよ……ただ、足が痺れて」

民雄が冗談めかして言うと、

「ああ、ゴメンなさい。お義父さま、もう終わりですから、足をお崩しになって」

「失礼するよ」

正座をやめて、胡座《あぐら》をかいた。

ジーンとしている足首のあたりをまわしていると、奈々美が声をかけてきた。

「お義父さま、ご自分のお茶碗をお持ちになりません？」

「茶碗をか……？」

「ええ、自分のお茶碗を持つだけで、ずいぶんと違うんですよ。それに、お義父さま、陶器に興味がおありでしょう？」

民雄は庭いじりの他に、陶器にも目がない。

うなずくと、奈々美はパンフレットのようなものを持って、近づいてきた。

片方の前身頃《まえみごろ》の縁を持って、畳の縁《へり》を踏まないように気をつけながら、摺《す》り足で歩いてくる。民雄の隣に正座して、パンフレットを開いた。

「これなんか、お義父さま、お好きそう」

黒塗りの茶器を指して、言う。

「あ、ああ。織部《おりべ》の黒か、いいね」

そう応じながらも、民雄の心臓は強い鼓動を刻んでいた。二人の肩が触れている。

手を伸ばせば届くところに、着物姿の奈々美がいる。

(奈々美さん、抱かれたくてわざとこうしているのか？)

いや、そんな下心があるはずはない。そう思うものの、二人だけの家でこれだけ接近されると、奈々美を押し倒したくなる。

奈々美の解説する言葉も、すでに頭を素通りしていた。

(無防備すぎる奈々美さんが、いけないいんだ)

民雄は左手を伸ばして、肩を抱いた。

ビクッと震えて、奈々美は赤茶色の着物に包まれた肢体を強張《こわば》らせた。

(この反応……やはり、奈々美さんも……)

瞬時に判断して、奈々美を後ろにそっと倒した。

「ああ、いやっ……」

畳に仰向けにされて、奈々美が顔をそむけた。着物の裾が乱れて、白の長襦袢《ながじゅばん》と足袋がのぞいた。だが、強い抵抗はしない。

(ああ、やはり……)

民雄は左手で肩を下から抱き、右手で着物に包まれた胸をつかんだ。

正絹らしいすべすべの着物越しに胸のふくらみを揉むと、

「ああ、お義父さま、ダメっ」

奈々美がその手をつかんで、首を左右に振った。

「明日には久仁子さんが来るんだろ？　その前に、奈々美さんを抱きたい」

「……この前、一度だけって……」

奈々美が下から見あげてきた。

「わかっている……あれから、ずっと我慢してきたんだ。ほら、ここを……」

民雄は、奈々美の手をつかんで、ズボンの股間に導いた。

そこはすでに硬化して、ズボンを突きあげていた。

ハッとしたように引いていく手をつかみ寄せて、ふたたびふくらみに押しつける。

「奈々美さんを思って、こんなになっている……一度だけなんて、殺生なこと言わないでくれ。頼むよ」

プライドを捨てて懇願した。

民雄は柔らかな手のひらを股間に押しつけながら、襟元からのぞく首すじにキスを浴びせた。

すると、奈々美の息づかいが乱れ、手がおずおずと股間のふくらみをさすりはじめた。

着物に包まれた身体から震えが伝わってくる。自分のしていることに怯《おび》え、おののきながらも、義父のイチモツを愛《いと》しそうに撫でている。

強い昂奮が駆けあがってきて、民雄は左手を白い半襟がのぞく胸元からなかにすべりこませた。

襦袢の下で、しっとりとした乳肌が手のひらに柔らかな感触を伝えてくる。

「あぁうぅ……こんなこと、いけない。叱られちゃう」

「誰が叱るんだ？　神様か？　啓介は帰ってくるかどうかもわからない。神様だって許してくれるさ」

説くように言って、襦袢の下で左手を動かした。

部屋は寒いのに乳房は温かく、乳肌はしっとりと湿り、揉むたびに指にまとわりついてくる。

突起をさぐりあてて、指先で転がした。

「ううん……いや、いや……」

片膝が立ち、着物の前が大きく割れて、白の長襦袢とともに太腿がのぞいていた。

ほの白く張りつめた内腿には、青い静脈が透け出ている。

硬くしこってきた乳首を指先でこねると、

「あああぁ、ぁあぁぁあうぅ」

足踏みでもするように左右の足が動き、白足袋が畳表を蹴った。

民雄は右手を伸ばし、着物の裾を割り、下から持ちあげるようにして内腿をさすりあげていく。

すべすべで、引っ掛かるところがひとつもない肌だった。

長襦袢がめくれて、男の手が女の太腿をすべりあがっていく。指先が奥に届くと、

「あっ……！」

遅ればせながら、左右の太腿がぎゅうとよじりたてられる。

柔らかな恥毛の感触の奥に、湿った女の苑を感じる。ゆるゆると撫でると、太腿がわずかにひろがった。

しどけなく外側にゆるんだ太腿の奥をなぞりつづけるうちに、

「あっ……ぁうぅぅぅ……」

奈々美は立てた膝を内側に絞りたてる。圧迫感のなかで濡れ溝を擦ると、また足がしどけなくひろがっていく。

指先に感じる潤みがひろがり、ぬるっとしたものが付着する。

よし、これならと、民雄が下半身のほうにまわろうとすると、奈々美が上体を起こした。

「ここじゃ、いや」

乱れた裾を掻き合わせて、泣き出さんばかりの表情で訴えてくる。

「いや、ここでしたいんだ」

「でも、着物が……」

「着物のひとつくらい、私が買ってやる」

「そういうわけにはいきません」

「着物姿でしたいんだ」

「聞き分けがないお義父さまね……わかりました。これで許してください」

畳に立っている民雄に、奈々美がにじり寄ってきた。

2

奈々美は前にしゃがんで、ベルトのバックルをゆるめ、ファスナーをおろした。それから、ズボンを引きさげるので、民雄は足踏みするようにしてそれを助けた。

期待に胸を震わせているうちにも、奈々美はブリーフを持ちあげた股間のふくらみに、ちゅっ、ちゅっとかわいくキスをする。

「お口でしますから、それで我慢してくださいね」

奈々美は顔をあげて言うと、ふたたび猛りたつものに唇を押しつける。

唇で包み込むようなやさしいキスだった。

「くうぅぅ、奈々美さん……」

ブリーフ越しにぷにぷにした唇を感じると、電流に似た快感が走り抜ける。

今度は頬擦りしてきた。

白のブリーフを持ちあげた勃起に右の頰を擦りつけ、次には左の頰を寄せる。その間も、右手で皺袋から分身の付け根にかけてを柔らかく撫であげるので、否応なしに充実感がふくらんだ。

奈々美は男性器への頰擦りとキスを繰り返し、斜め上に向かっていきりたつ肉棹の感触を確かめるように握って、なぞりあげてくる。

(奈々美さんは、心底から男のものが好きなんだな。こんな清楚《せいそ》な容姿をしているのに……)

着物の袖《そで》からほっそりした手が伸び、しなやかな指が猛々しく勃起したものにからみついている。こんなときにもきちんと膝を揃えていた。裾からのぞく白足袋が清楚で、その対比が卑猥だった。

「ふふっ、お義父さま、パンツにシミが……」

奈々美が微笑んだ。股間を覗き込むと、白のブリーフの亀頭部が接するところに、恥ずかしいシミがにじんでいた。

「あ、ああ。先走りの液が出てしまったんだな」

「ふふっ、お若いんですね」

そう言って、奈々美はブリーフに手をかけた。ゆっくりと引きおろされるにつれて、布に引っ掛かっていた分身が外れて、ぶるんと撥ねた。

臍《へそ》に向かってとまではいかないが、直角以上にそそりたっているものを認めて、民雄は自分に自信が湧いてきた。

赤銅《しやくどう》色にてかるものに視線をやりながら、奈々美はブリーフを足元から抜き取っていく。

尻がひんやりした空気にさらされるのを感じて、その妙な解放感に、分身はますますいきりたつ。

「ああ、お義父さまのすごい……」

奈々美が感心したように洩らした言葉が、民雄の自尊心をくすぐった。

「普段はこんなにならないんだが、きっと相手が奈々美さんだからだな」

言うと、奈々美ははにかんでうつむいた。それから、右手を根元に添えて、柔らかく握ってくる。

親指、人差し指、中指の三本で根元を握ってスライドさせるので、分身はますますギンとしてくる。

奈々美は顔を寄せて、かわいく先端にキスをした。

指をすべらせて、カリクビの開き具合を確かめでもするように亀頭冠をなぞった。

包皮をカリにぶつけるようにキュッ、キュッと擦ったので、甘やかな快感がふくらんでくる。

それからまた、奈々美は舌を亀頭部に這わせて、円を描くように舐めた。

中央の割れ目を、舌先でちろちろとくすぐってくる。

唇を窄《すぼ》めて尿道口にキスをして、かるく吸った。

「ううぅ、気持ちいいぞ」

思わず訴えると、奈々美は民雄を見あげて、満足そうに微笑んだ。

今度は舌を亀頭冠のくびれに押し込んだ。やや顔を傾けて、舌先を溝にまとわりつかせて、ぐるっと一周させる。

慣れていると感じた。

啓介はクンニさえろくにしないらしい。だが、フェラチオさせるのは好きなのだろう。

（啓介に仕込まれたのだな）

二人の関係に嫉妬を感じた。

だが、こうやって淑やかな着物姿で、男根を愛しそうにしゃぶる奈々美を見ていると、誰に仕込まれたかなど関係なしに、気持ちが昂揚してくる。

亀頭冠から離れて、なめらかな舌は裏筋をおりていく。

今度は根元から這いあがってきた。ちろちろと舌を横揺れさせて裏筋を刺激し、横《よこ》咥《ぐわ》えして唇で包み込み、なかで舌を躍らせる。

「おおぅぅ、気持ちいいぞ。最高だ」

褒めると、奈々美は裏筋に沿って舐めあげてくる。

そのまま舌を接した状態で、上から頬張ってきた。

途中まで唇をかぶせ、なかで舌をからませてくる。亀頭冠を中心にかるく往復させたので、痺れるような愉悦がひろがった。

次の瞬間、奈々美はずずっと奥まで頬張ってきた。

陰毛に唇が触れるほど深々と咥え込み、民雄の腰を両手で引き寄せて、もっと奥まで欲しいとでも言いたげに唇を押しつけてくる。

おそらく切っ先は喉まで達しているだろう。

奈々美はゆったりと唇を引きあげていくと、ちゅぱっと吐き出した。

唾液で濡れた男の屹立《きつりつ》を、右手で握り込むようにして刺激しながら、その効果を推《お》し量《はか》るかのように民雄を見あげた。

髪を後ろで結われたやさしげな顔がほんのりと染まり、瞳も潤んでいる。

きっと、民雄は惚《ほう》けた顔をしていたのだろう。

奈々美は微笑んで、顔を戻し、猛りたつものを口におさめた。

亀頭冠を中心に速いピッチでスライドさせながら、根元のほうを握って、リズミカルにしごく。

息子の嫁が分身を情熱的にしゃぶってくれている。

裾からのぞく白足袋の爪先が畳に接し、その上に着物に包まれた大きな尻が載っていた。

「おおぅぅ、奈々美さん……ツーッ」

うねりあがる愉悦に、民雄は天井を仰いだ。

奈々美はここぞとばかりに、しごくピッチをあげる。

フェラチオで射精させてしまおうとしているのかもしれない。

民雄の年齢では一度出してしまえば、復活するには時間がかかる。

奈々美の下半身と繋がりたかった。膣に挿入して、思い切り腰をつかいたかった。

このまま口のなかに出してしまいたいという誘惑を断ち切って、民雄は分身を引き剝がした。

奈々美が、どうして？　という顔で見あげてくる。

「寝室に行こう。着物を脱げばいい」

ためらっている奈々美を引き立てて、民雄は二階へと急いだ。

3

民雄の寝室は小さな和室だ。この隣に洋間があって、そこで会計士の仕事をしている。

着物を脱ぐように言って、民雄は押し入れから蒲団を出した。

蒲団を敷いている間にも、衣擦《きぬず》れの音とともに奈々美は帯を解く。

民雄は、解かれた帯がとぐろを巻いて畳に落ちるのを見ながら、やはり奈々美のほうも民雄を内心では待っていたのだと思った。

奈々美は帯を解き終えると、着物を肩から落とすようにして脱ぎ、衣紋《えもん》掛《か》けにかけた。鼈甲の簪を外して頭を振ったので、黒髪が生き物のように枝垂《しだ》れ落ちて、肩に散った。

民雄も服を脱いで、ブリーフだけの格好になった。悄然《しょうぜん》と立っている奈々美の肩を押して、蒲団に座らせた。

光沢感のある白の長襦袢姿で正座する奈々美は、初夜を迎えた花嫁のように初々しい。

民雄は背後にしゃがんで、長襦袢の袖の付け根の下側に開いた身八《みや》つ口《くち》から両手を忍び込ませる。

「あっ……」

締めつけてくる肘の圧力を撥ねのけて、手をすべり込ませると、すぐのところに乳房があった。

すでに乳肌はじっとりと湿り、乳房の柔らかな弾力を指に感じた。

「こういうことは、されたことないんだろ？」

「……はい」

奈々美がうつむいたまま答える。

(啓介の前で、和服を着ることは少なかっただろうからな。それに、啓介が身八つ口など知っているとは思えない)

優越感にひたりながら、両手で乳房を揉みしだく。長襦袢の胸が指の動きそのままに、卑猥に波打った。

奈々美は息を乱していたが、乳首を指で転がすと、

「ぁあああん……いやっ、お義父さま……ぅうううんん」

屈めていた上体を反らせるようにして、後ろにもたれかかってくる。正座していた膝が崩れた。

民雄は右手を身八つ口から抜き、前にまわしこんだ。

太腿にまとわりつく長襦袢をはだけ、下から差し入れるようにして、内腿を撫であげてやる。

「ぁあん、いやっ」

左右の太腿がぎゅうとよじりたてられて、手首を圧迫してくる。

「奈々美さん、足を開きなさい」

耳元で強く言うと、長襦袢をまといつかせた太腿がおずおずとひろがった。

内腿の交差する地点までなぞりあげると、湿った女の粘膜が指先に感じられた。

「いやだと言うわりには、濡れているね」

「ああ、いやだわ、お義父さま」

「事実だから仕方ないよ……さっき、私のものを頬張りながら、感じていたな？」

「……もう、お義父さま、嫌いです」

こんな会話をしたのはいつ以来だろう。当たるを幸いに女を薙《な》ぎ倒していた時代もあったが、長ずるにつれて女に縁がなくなり、亡くなった妻と情を交わす機会も減っていた。

忘れていた「性春」が戻ってきたようだ。まさか、それを息子の嫁がもたらしてくれるとは……。

乳房を揉みしだき、女の苑をさするうちに、奈々美は抑えきれない声を絶えず洩らし、小刻みに身体を震わせはじめた。

指先に感じる恥肉の潤みがなめらかさを増し、奈々美は下腹部をうねらせて強い刺激を求めてくる。

「ほら、もっと足を開いて」

大きくひろがった股間を大胆にさすりあげ、上方の突起を指先でこねまわした。

同時に乳首をいじると、奈々美は陶酔するような声を伸ばして背中を預けてくる。

民雄は長襦袢を締めていた伊達締《だてじ》めを解き、シュルシュルと抜き取った。

そのまま、奈々美を後ろに倒していく。

仰向けになった奈々美は、民雄の視線を避けるように顔を逸《そ》らせ、あらわになった乳房を手で覆った。

隠されると見たくなるのが、男の性《さが》である。

両手を胸から剝がすと、形良く盛りあがった乳房が目に飛び込んでくる。

上側の直線的な斜面を、下の充実したふくらみが押しあげていた。ぶるんと張りつめた乳肌は若さにあふれ、濃い桃色の乳首もツンとせりだしていた。

「きれいなオッパイだな」

思わず言うと、

「小さくて、恥ずかしいです」

奈々美が目を伏せた。

「いや、そんなに小さくないさ。それに、いい形をしている。乳首が勃《た》って、いやらしい形をしている。かわいがりたくなるオッパイだな」

褒めて、民雄は乳房にしゃぶりついた。

片方の乳首を舐め転がしながら、もう一方の乳房を柔らかく揉む。指が沈み込むような柔軟な肉層を味わい、乳首を丁寧にしゃぶった。

上下左右に弾き、丸く舌を這わせる。ちゅぱっと吸いついて、なかで舌を躍らせる。しごくように吐き出すと、唾液でぬめる乳首が淫靡《いんび》な光沢を放った。

奈々美は気持ち良さそうに喘いでいたが、やがて、腰がじりっ、じりっと横揺れしはじめた。

（やはり、感度がいい。この身体では、半年も放っておかれたのではたまらないだろう）

民雄は乳房を離れて、下へ下へと舐めおろしていく。

肋骨《ろっこつ》の形がうかがえるほどに贅肉《ぜいにく》のない上半身だった。張りつめた肌は、きめ細かくしっとりとしている。少ししょっぱいのは、汗をかいているせいだろう。

先ほど点けた石油ファンヒーターが暖気を放っていた。

臍に向かうにつれて、ウエストがきゅっとくびれているのがわかる。脇腹のほうに舌をまわしこむと、奈々美は喘いで身体をよじった。

肌が粟粒《あわつぶ》立って、小さな痙攣が走り抜ける。

はだけた長襦袢を背景に、スレンダーな裸身がくねるさまはひどく艶かしかった。

下腹部に黒々とした翳りが縦長に生えているのを見ながら、民雄はそこには向かわずに、足元へと移動した。

片方の足を捧げ持つようにして、白足袋に包まれた足にキスを浴びせる。

「ああ、いやです、お義父さま……汚いわ」

「じゃあ、こうすればいいだろう」

民雄は足袋のコハゼを外して、踵《かかと》から足袋を脱がせた。

小さな足は深爪気味になっていて、恥ずかしいのか、足の指がきゅうと内側に折り畳まれる。

民雄は親指と人差し指を持って開かせると、白く変色した指の股の部分に舌を押し込んで、ぺろっと舐めた。

「あんっ……」

ビクッと震えて引こうとする足をとらえて、もう一度、舌を差し込んだ。

奥の股にちろちろと舌を走らせると、

「ぁあぁ、くすぐったい……ダメ、ダメ、ダメっ」

奈々美はさかんに身をよじっていたが、やがて、動きが止まった。

「ぁああうぅぅん……んんんっ」

女が感じているときの声をあげて、切なげに足指を折り曲げる。

太腿までぶるぶると震えはじめた。

民雄はもう片足からも足袋を脱がせて、同じように指の股を舐めてやる。

「ぁあぁぁ、ぁあぁあぁぁぁ……」

陶酔した喘ぎをこぼし、奈々美は身をよじる。

民雄は足を持ちあげて、踵からふくら脛にかけて舌を走らせる。

形良くしまった紡錘形《ぼうすいけい》のふくら脛は蠟《ろう》を塗り込めたようにつるつるだった。

さらに、膝の裏から太腿にかけて、舌を這いあがらせた。

薄く張りつめた太腿の裏から内腿にかけてまわしこみながら舐めていき、そのまま奥の院に舌を届かせる。

「あっ……ダメです」

太腿がよじりたてられる前に、民雄は顔を股間に埋め込んでいた。

腹這いになって、女の苑に舌を届かせ、丹念に舐めた。

そこは、乳酸菌飲料に似た清新な女の匂いがたちこめていた。

足を持ちあげておいて、あらわになった恥肉に舌を走らせる。濡れ溝の底のほうに

息づく肉孔に、舌を丸めて押し込むようにすると、

「いやあん、それ……くぅぅぅぅ」

奈々美はのけぞりかえって、両手でシーツをつかんだ。

表面はさほど感じなかったのに、内部は酸味の効いた独特の味がする。

(奈々美のような女でも、なかのほうはこんないやらしい味がするんだな)

出し入れを繰り返してから、サーモンピンクにぬめ光る膣を舐めあげていく。尿道口の小さな孔《あな》が見えて、上方に赤い実が帽子をかぶっていた。

包皮ごとちゅーっと吸い込むと、

「あああぁぁぁぁ……」

奈々美は太腿を突っ張らせる。

そんな仕種のひとつひとつが愛しくてならない。帽子を脱がせて、小さめの尖りをちろちろと舌で刺激する。

「あああぁ……それ……あぅぅぅぅぅ」

腰が横揺れして、シーツをつかむ指に力がこもった。

「気持ちいいんだな？」

唇を接したまま訊く。

「はい、気持ちいいです」

「ふふっ、あっという間に感じるようになった。よし、今度はシックスナインだ。わかるな？」

奈々美がうなずいたので、民雄はブリーフを脱いで、蒲団に仰向けになった。

奈々美がおずおずとまたがってきた。尻を向ける形で四つん這いになり、肉棹を右手でつかんだ。

尻を引き寄せて、長襦袢をまくりあげると、むっちりと実った双臀が、目に飛び込んでくる。

釉薬をたっぷりかけた陶器のような肌艶をした尻は、満遍《まんべん》なく肉をたたえて、絶品の丸みを示している。

たまらなくなって、尻たぶを撫でまわした。

引っ掛かるところがひとつもない尻たぶはつるつるで、触れているだけで気持ちがいい。

「ああ、いや……お義父さま、恥ずかしいわ」

アナルを隠そうとして、奈々美はきゅうと双臀を引き締めた。

すると、裏門が生き物のように窄まって、ますますそこが気になってしまう。

「きれいな尻の孔をしている。恥ずかしがることはないよ」

「でも、恥ずかしいわ」

「いいから、しゃぶってくれないか？」

ぽんと尻を叩くと、奈々美は屹立に顔をかぶせるようにした。途中まで咥えて、なかで舌を押しつけてくる。

ふと思いついて、奈々美に腰を浮かせるように言うと、こちらに向かって突き出されている尻の位置があがった。

顔を持ちあげて、二等辺三角形をなす太腿の隙間から覗くと、奈々美が肉棹を頬張っている姿が見えた。

ふたつの乳房が離れた山を作り、その間で尖った顎をあらわにして、奈々美は肉の塔を口におさめている。

「奈々美さん、ピストンして」

言うと、奈々美が顔を上下に振りはじめた。それにつれて、おぞましい肉の棒が奈々美の唇の間を割って、出入りする光景がはっきりと見えた。

「奈々美さんが咥えているところが丸見えだ。いやらしいぞ」

言葉でなぶると、奈々美は動きを止めた。

「ほら、つづけて」

ふたたび顔が上下に振られて、唾液でぬめる肉棹がずぶずぶと口を犯していくさまが見える。

「すごいぞ。すごい光景だ」

「ああ、いやっ……」

奈々美が顔を持ちあげて、いやいやをするように首を振った。

「ダメじゃないか。咥えないと」

奈々美がまた分身を口におさめるのを見て、民雄も尻たぶの狭間にしゃぶりついた。

尻を引き寄せながら、濡れ溝を舐める。吸いつくと、

「くぅぅぅ……ぅぅううぅぅ」

分身を頬張ったまま、奈々美はさしせまった声を洩らす。

「ほら、口の動きが止まってるぞ。ピストンして」

尻から唇を離して言うと、奈々美は湧きあがった愉悦をぶつけるように、激しく顔を上下動させる。

唇がカリに引っ掛かる気持ち良さに呻きながら、民雄は紅色にぬめる小さな突起を指でいじった。指先で円を描くように揉みまわすと、

「くくぅぅぅ……」

奈々美の口の動きが止まった。

「ほら、ダメじゃないか」

叱咤《しった》すると、奈々美はまた顔を振って、肉棹をしごく。

民雄はふたたび花肉に吸いついて、くにゅくにゅした肉びらを揉み込み、そして、クリトリスを舌で弾く。

「うんっ、うんっ、うんっ……」

奈々美は、気持ちを集中しようと懸命に肉棹をしごいている。

それでも、肉芽を撥ねつづけると、ついには分身を吐き出して、

「ぁあぁぁぁ……お義父さま、ダメっ……もう、ダメっ」

もどかしそうに尻を横揺れさせ、肉棹を強く握った。

「ふふっ、どうした？」

「ああ……ぁあぁぁ、ねえ、ねえ」

汗をかいた尻たぶが、切なげに揺れた。

「どうしてほしいんだ？　言わなければわからないな」

「ぅうぅぅ……言えません」

「じゃあ、ずっとこのままだぞ」

「ああっ、それはいや……」

奈々美は駄々っ子のように首を左右に振る。

「じゃあ、言いなさい」

「……お、お義父さまのこれを……」

ためらいがちに言って、奈々美は肉棹を強く握った。

「これを、奈々美のなかに入れてください」

口に出してしまって、「いやっ」と顔を伏せた。

「よく言えたな。よし、上になって自分で入れなさい」

ぽんと尻たぶを叩くと、奈々美はゆっくりと尻を浮かせた。

4

前のはだけた長襦袢をガウンのように着て、奈々美は向かい合う形で民雄の下半身をまたいだ。

左右の乳房が見えたり見えなかったりして、そのチラリズムがたまらない。

奈々美はしゃがんで、右手で屹立をつかみ、太腿の奥へと導いた。

恥ずかしそうにうつむき、肉の塔を操作して濡れ溝に擦りつける。茜《あかね》色のスキンヘッドがぬるっ、ぬるっとすべる。

奈々美は切っ先を押しあてて、ゆっくりと腰を沈めてくる。

開いたカリがとば口をひろげていく確かな感触があった。

「うっ……」

奈々美は招き入れたものをもっと奥まで呑み込もうとして、腰を微妙にくねらせる。すると、切っ先が少しずつ細道を切り開き、一センチ刻みで女の肉に潜り込んでいく。ある一線を越えると、楽になった。

奈々美は肉棹から手を離して、一気に腰を落とした。

ずぶずぶっとめりこむ感触があって、

「うあっ……」

奈々美は呻いて、上体をほぼ垂直に立てた。手を前と後ろに突いて、のけぞるようにして衝撃を味わっている。

民雄も奥歯をくいしばっていた。熱く滾る女の祠《ほこら》が、分身を包み込んでくる。

奈々美が動き出した。膝から下をぺたんと蒲団に突いて、腰を揺すり、濡れ溝を下腹部に擦りつけてくる。

「うううぅ……いやっ」

顔をそむけ、腰から下を前後に揺すりあげる。

民雄は分身が女の筒のなかで揉みくちゃにされる悦《よろこ》びに歯をくいしばりながら、奈々美のしどけない姿を目に焼き付けた。

はだけた長襦袢から、若い乳房が見え隠れしている。朱《あか》い乳首がのぞいたり、隠れたりする。

きゅっとくびれたウエストから下の豊かな曲線が、何かに憑《つ》かれたようにあさましく動く。

(女は誰でも獣《けもの》染《じ》みた欲望を抱えているのだな)

そう思うと、頭の芯が痺れるような昂奮が立ちのぼってきた。

「ああ、いやっ……恥ずかしい。動いてる。勝手に動いてるの……見ないで。お義父さま、見ないで」

そう訴えながらも、奈々美はますます大きく腰を揺すりたてる。

民雄はもっと恥ずかしいことをさせたくなって言った。

「奈々美さん、膝を浮かせて」

「えっ？　こ、こうですか」

「そうだ。そのまま少し前に……それで、腰を縦に振って」

両手を蒲団に突いた奈々美は少しの間ためらっていたが、やがて、腰を上下に振りはじめた。

あまり経験がないのか、やり方はぎこちない。だが、「いや、いや」と口走りながら、懸命に腰をつかう姿が愛らしかった。

「奈々美さん、見てごらん。おチンチンがあそこに入ったり、出たりするのがよく見えるぞ」

言うと、奈々美は顔を伏せて、接合部分を覗き込むようにした。

「ああ、いやっ……！」

顔をあげて、ぐずるように首を左右に振った。

「ちゃんと見て……腰を振って」

奈々美は下腹部を覗き込みながら、腰を縦につかった。

民雄にも接合部分が見えた。蜜にまみれた肉の塔がおぞましく血管を浮かせて、恥毛の底をうかがっている。

奈々美が腰を落とすと、ずぶずぶっと根元まで埋まり込み、引きあげると、肉棒が姿を現す。

「ああ、お義父さま、これ、いやっ……許して」

許しを請いながらも、言葉とは裏腹に、尻は弾むようにして上下動を繰り返す。

そのたびに、じゅぶっ、じゅぶっと音が聞こえてくる。

民雄も動きたくなって、奈々美が腰を落とす瞬間を見計らって、下から突きあげてやる。

ぐいとせりあげると、切っ先が衝突するように奥をえぐって、

「うっ……！　はぁあぁぁぁ」

奈々美は首から上をのけぞらせると、どっと前に突っ伏してきた。

「もう、ダメっ……許して、お義父さま、許して」

民雄の顔をかき抱き、泣き出さんばかりに言う。

「もう、ダメって……まだまだ、これからじゃないか」

民雄は膝を立てて動きやすくして、奈々美の尻をつかんだ。長襦袢をたくしあげてじかに尻たぶを押さえ、その姿勢で下から撥ねあげてやる。

斜め上方にせりだされた肉棹が、女の膣をずりっ、ずりっと擦りあげていく。

「あぁぁぁ、くくうぅぅぅぅ」

奈々美は抱きつきながら、くぐもった声を洩らす。

「気持ちいいだろ?」

「はい、気持ちいい……擦れるのが気持ちいいです」

「そうら、もっとだ」

民雄は尻と肩を押さえつけて、つづけざまに腰を撥ねあげた。

あまり深くは突けないが、この体位は高速ピストンができる。息を詰めて、連続して速いピッチで擦りあげた。

「あああぁぁ、いい……くうぅぅぅぅ」

奈々美は肩口にしがみつきながらも、首から上をのけぞらせて、突かれる悦びをあらわにする。

民雄もここぞとばかりにスパートした。短く速いストロークで入口のほうを擦りあげると、

「あああぁぁぁ、イッちゃう……うっ」

奈々美はがくんと頭を振って、電池が切れたように動かなくなった。

気を遣《や》ったのだろう。膣肉が時々痙攣して、分身を絞り立てるようにうごめく。

民雄は休んで、息をととのえ、

「大丈夫か？」

訊くと、奈々美は「はい」と小声で答えた。

「よし、身体を起こして」

ぽんと尻たぶを叩くと、奈々美は緩慢《かんまん》な動作で上体を立てた。

「襦袢を脱いで」

「はい……」

気を遣ったためか、奈々美はいっそう従順になっていた。

白の長襦袢を肩から落として、横に置いた。一糸まとわぬ若い裸身に見とれながら、民雄も上体を起こした。

いったん座位の形を取ってから、奈々美を後ろに倒して、正常位に移行する。

自分は上体を立て、奈々美の足をM字に開かせて、かるくジャブを突いた。

浅いところを連続して擦るうちに、奈々美の身悶えが大きくなった。

両手を曲げて顔の横に置くしどけないポーズで、

「あん、あん、あん」

よく響く声をスタッカートさせる。乳房が波打って、鎖骨の浮き出た胸元から伸びるほっそりした首すじのラインが悩ましかった。

民雄はつかんだ膝を開いたり閉じたりして、膣の締まり具合を愉しむ。

それから、すらりとした足を閉じさせて伸ばし、胸の前で抱えた。その状態で腰を躍らせ、まわすようにして内部を攪拌する。

「ああっ、これ……！」

目の前で、足の親指がぎゅうとたわんだ。

「こういうのは初めて？」

訊くと、

「はい、初めてです……ぁあぁぁ、いい……お義父さま、たまらない」

奈々美はシーツを握って、身をよじる。

(啓介のやつ、日頃、偉そうなことを言っていたが、まだまだだな。女を悦ばせることに関しては、私が上だ)

息子に優越感を感じている自分がいる。

民雄は片方の足の親指を口に含んで、なかで舌を躍らせる。親指をねろねろと舐めると、

「ああ、いやっ……お義父さま、汚い！」

奈々美は悲鳴をあげて、足を逃がそうとする。その足をつかみ寄せて民雄は腰をつかった。

ぐいぐいとねじこみながら、親指を頬張った。

「いや、いや、いや……ぁああうぅぅぅ……ぁあぁぁ、ぅううんん」

拒否の言葉が途中から喘ぎに変わり、奈々美はびくびくと足を震わせる。

(そうら、感じているじゃないか)

親指がべとべとになるまで舐めて、民雄は足を放し、覆いかぶさっていく。

腕立て伏せの格好で足を伸ばし、下半身を叩きつけた。

「うっ、うっ……ぁああぁぁ、お義父さま、壊れる」

顔をいっぱいにのけぞらせながら、二の腕にしがみついてくる。

民雄は右手で乳房を揉みしだきながら、猛りたつもので膣肉をえぐりたてた。

汗ばんだ乳房が手のひらのなかで形を変えながら、まとわりついてくる。痛ましいほどにせりだした乳首をこねまわし、膣肉を擦りあげた。

「ぁあぁぁ、ぁあぁぁ、いい……お義父さま、また、イッちゃう。奈々美、イキ

そう」

眉根を寄せて、奈々美が視線を合わせてくる。

「いいんだぞ。そうら、イキなさい」

民雄はフィニッシュの体勢に入り、肩口から手をまわして奈々美を抱き寄せた。こうすると、女と一体化したような気になる。

今にも昇りつめそうな奈々美の表情を目に焼き付けながら、深いところに切っ先を届かせた。蕩けた内部をずりゅっ、ずりゅっと擦りあげると、射精前の疼きがひろがってきた。

そろそろエネルギーが切れかけていた。歯を食いしばって腰を叩きつけた。

「あっ、あっ、あっ……イキます。お義父さま、イキます」

「そうら、イッていいんだぞ。おおぅぅ」

民雄が激しく腰をつかうと、

「ああ、お義父さま、なかにください……この前みたいなのは、いやっ」

しがみつきながら、奈々美が言った。

「それはダメだ」

「いや、いや……なかに」

「ダメだ。そうら」

誘惑を断ち切って、民雄はがしっと奈々美を抱き寄せ、深いところを突く。奥のほうで何かがうごめいて、亀頭冠にまとわりついてくる。

「そうら」

「あっ、あっ……ぁあぁぁぁ、イッちゃう……やぁあぁぁぁぁ、はうっ！」

奈々美は空気を切り裂くような絶頂の声を長く伸ばして、のけぞりかえった。開いて足をおろして、ピーンと伸ばし、がくん、がくんと躍りあがる。

民雄も射精しそうになって、あわてて分身を抜いた。

上体を立ててひと擦りすると、精液が弾け飛んだ。

飛び散った白濁液が、奈々美の腹から乳房へと降りかかる。

体が溶けていくような快美感のなかで、民雄は分身をしごき抜いて、最後の一滴まで絞り出した。

奈々美はしばらくの間、息絶えたように横たわっていたが、やがて、乳房に付着した精液を指で拭いとった。

「悪かったな」

「……いいんです。わかっていますから」

奈々美は作り笑いをして、目を閉じた。

第四章　不倫妻との再会

1

久仁子が仮住まいを始めた三日後に、初めての茶道教室が開かれた。

教室は午後二時から二時間開かれる予定だ。

（集まるんだろうか？）

一時過ぎから民雄は仕事も手につかなくなり、二階の窓から、アプローチを歩いて集まってくる生徒を眺めていた。

結局十数名の生徒が来て、民雄はこれならと胸を撫でおろした。

初日からこれだけの数の生徒が集まったのも、S流本部の宣伝の他に、久仁子が門下生をまわしてくれたからだ。民雄はあらためて、久仁子に感謝した。

教室が始まる時間になり、民雄はどうにも気になって階下におりていった。

茶道教室にあてている和室の襖《ふすま》が開かれていて、着物姿の奈々美と久仁子がコの字型に座った生徒たちを前に、挨拶をしていた。

奈々美の緊張しすぎでぎこちない挨拶を、久仁子が巧みにフォローしている感じで、微笑ましかった。

和服を着た女性が行儀良く正座して、二人の話を聞いている。二十代前半の若い女性から五十過ぎの熟女までいたが、色とりどりの和服を身につけているせいか、民雄は見ているだけで気持ちが華《はな》やいだ。

ひとりだけ男性がいた。着物姿の恰幅《かっぷく》のいい年配が、上座《かみざ》の正客が座るところに正座し、難しい顔をして奈々美の話を聞いているのが気になった。

(誰だろう……久仁子の知り合いか？　もしかして、本部の幹部か？)

もう一度生徒の顔を見まわしたとき、アッと思った。

湯浅真理子《ゆあさまりこ》が来ていた。

民雄も、知り合いに「うちの義娘《むすめ》が茶道教室を開くから、よかったら」と声をかけておいた。そのうちのひとりであった真理子から、「お世話になるかもしれません」という返事を受け取っていたが、忙しい身だから無理だろうと思っていた。

(そうか、真理子さん、来てくれたのか)

民雄はよかったと思う反面、少し面映い気持ちになった。

真理子は、民雄が会計事務所に勤めていたときの社員で、三十三歳の美人会計士である。今も前と同じ会計事務所で働いていて、確か三年前に結婚していたはずだ。

面映い気持ちになったのは、民雄は事務所に勤めていた頃、一度だけ真理子と身体を合わせたことがあったからだ。今考えると、偶然が重なった上での事故のような情事だった。さもなければ、クールで知的な美人会計士がふたまわりも年上の冴えない中年とベッドインするなどということはあり得ないだろう。

（やはり、きれいだな。和服を着ると、お淑やかな感じになって色気が増す）

廊下からそれとなく眺めていると、視線を感じたのか、真理子がこちらを見た。民雄を認めて、かるくうなずき、微笑んだ。

民雄がうなずきかえすと、真理子はゆっくりと視線を戻した。

あまり長くいても邪魔になるだろうと考えて、民雄は二階へとつづく階段をあがっていった。

十日後の夜、民雄は久仁子の作った夕食を摂っていた。

奈々美はS流本部へ泊まり込みで研修に出かけていって、家を留守にしていた。

向かいの席に座っている久仁子が、箸《はし》を止めて訊いてきた。

「いかがですか、お味のほうは？」

「ああ、美味しいよ。さすがだね」

「そうですか？　お口に合わなかったら遠慮なく言ってください。味は薄くないですか？」

「いや、薄味だけど、ダシが効いていて味に深みがある」

「よかったわ」

久仁子が微笑んだ。今日は薄手のセーターを着て、スカートを穿いていた。こういう格好をすると四十歳という年齢より若く見える。

着物姿で生徒に教えているときは凛として厳しい雰囲気だが、いったん日常に戻ると、やさしくおっとりとしていて、家庭的だった。

家事をしていても細かいところによく気がつくし、茶道で身についた立ち居振る舞いは見ていても気持ちがいい。

こんな素晴らしい妻を残して逝《い》った夫は、さぞや心残りだっただろう。

「ゴメンなさいね、押しかけて来てしまって」

二人になったからだろう、久仁子があらたまって言う。

「いや、むしろありがたいよ。久仁子さんも、奈々美さんも美人だしね……ずっといてほしいくらいだ」

「まあ、お上手なんだから」

久仁子は上目遣いに見て、穏やかに笑う。笑窪ができてかわいらしい。

民雄は動揺を押し隠して、ずっと気になっていたことを訊いていた。

「奈々美さん、研修に行っているらしいけど、大丈夫かね？」

「ええ、大丈夫ですよ。裕仙《ゆうせん》さんに認められて、上のランクの資格を取るための研修を受けているんですから」

初日に上座に座っていた恰幅のいい年配は、石黒《いしぐろ》裕仙と言って、流派の幹部のなかでも力のある重鎮だということを聞いていた。

「裕仙さんはわたしの師匠みたいな方ですから。奈々美はあの方に見そめられたんだから、わたしも鼻が高いです」

「そうか……なら、いいんだが」

民雄は、裕仙という男がどうも気に食わなかった。偉そうに座っていたが、細い目の奥にはむっつりスケベ的な好色さがうかがえた。奈々美を見る目にどこか不穏なものを感じた。

裕仙が奈々美に個人指導をしているのだと思うと、心が乱れた。

研修と称してパワハラまがいに、奈々美を触っているのではないか。いや、手をつけて愛人にしようと企んでいるのではないか……。

考えすぎかもしれないが、民雄にとって、今や奈々美は妻のような存在だ。若く美しい妻を持てば、当然の心配だろう。

夕食を終え、リビンクで休んでいると、電話が鳴った。

(誰からだろう？　奈々美からか)

立ちあがり、受話器を取って応答した。電話は、湯浅真理子からだった。

相談したいことがあるから、一度逢ってもらえないかという。

「相談って……？」

「お逢いしたときに話します。今週の土曜日の午後からではダメですか？」

「そうだな……なんとかなる」

相手は一度身体を合わせた女だ。それに、茶道教室にも来てもらっているのだから、相談したいというのを断ることなどできなかった。

「Kホテルの一階にあるティーラウンジで三時というのは、いかがですか？」

「えっ……ホテルか？」

「ええ、ダメですか？」

「いや、いいよ。わかった。土曜の三時にKホテルの一階ティーラウンジだな」

「はい」

「わかった」

確認して、民雄は受話器を置いた。

（どうしてわざわざホテルのラウンジなんだ……？）

首をひねっていると、後片付けを終えた久仁子がやってきた。

「奈々美からですか？」

「いや、違う。昔の友人だ。土曜日の午後に逢うことになったよ」

相手が女性であることにはあえて言及せずに、民雄はソファに腰をおろした。

そしてその後、久仁子が茶道教室の時間帯のことで相談をしてきたので、なぜホテルのラウンジでという疑問も忘れてしまった。

リビングでしばらく久仁子と話をしてから、先に風呂に入った。

自室にあがって寝る態勢に入ったものの、どうにも喉が渇いて階下に降りた。

廊下をキッチンに向かって歩いていくと、バスルームからちょうど久仁子が出てくるところだった。ストライプ柄のパジャマを着て、乾かしたばかりの髪がふわっと散っていた。

スッピンを見られるのがいやなのか、久仁子はあわてて顔を伏せる。

「ああ、久仁子さん。喉が渇いて、飲み物を……」

「お茶を淹れましょうか？」

「いや、いいよ。水で充分だ」

「そうですか……お風呂のお湯は抜いておきましたから……おやすみなさい」

久仁子はかるく頭をさげて、すれ違った。

その瞬間、湯上がりの女の芳香がふわっと鼻先をかすめる。

キッチンで水を飲みながら、民雄は気持ちが昂ぶっていることに気づいた。

四十歳の女性にこう言うのは失礼かもしれないが、パジャマ姿の久仁子はかわいくてキュートだった。それに、化粧を落とした顔を見られるのをいやがったところに、女心を感じて、民雄も男心をくすぐられた。

その夜、寝室で蒲団に入っても、なかなか寝つかれなかった。

右隣は仕事部屋になっているが、左隣の和室では久仁子が床に就いている。

（久仁子さんも夫を失くして、三年も経つ。寂しいだろう……）

今のところ、男の影はない。裕仙という幹部とも、男女の関係ではないようだ。

民雄が五十七歳で久仁子が四十歳。多少年齢差はあるが、奈々美よりははるかに歳は近い。

下半身で男の欲望がぞろりとうごめいた。

（バカ！　何を考えているんだ。息子の嫁を抱いてしまったというのに、その叔母まで
でも……お前には倫理観というものがないのか！）

民雄は寝返りを打って、蒲団のなかで丸くなった。

2

土曜日の午後、民雄はホテルのティーラウンジで、真理子と逢っていた。

真理子は比翼《ひよく》仕立ての襟の立ったブラウスにジャケットをはおり、膝丈《たけ》のスカートを穿いていた。ショートヘアがよく似合うキャリアウーマン風のきりっとした雰囲気のなかにも、女性らしい艶やかさをたたえて、同じラウンジにいる女性のなかでも一際《きわ》目立っていた。

真理子を一目《ひとめ》見て、人妻だと見抜ける人はまずいないだろう。

二連のネックレスが光る大きく開いた胸元に目を奪われながら、民雄は自分から話を切り出した。

「相談って、仕事のこと？」

「いえ、仕事は順調なんです」

真理子があっさり答えた。

「ほう……じゃあ？」

「小野さんには遠慮していても仕方ないですものね。言います。実は夫と上手くいっていないんです」

少し驚いた。真理子はクライアントの会社の若社長と結婚し、結婚生活も順調だと聞いていた。

「私が辞めるときは、上手くいっているように見えたけど」

「あのときは、結婚して間もない頃だったから……もう、二年も経つんですもの、変わりますよ」

真理子が意志の強そうな眉を悲しげに寄せた。

「うちの人、女がいるんですよ」

「えっ……？」

にわかには信じられなかった。こんな才色兼備の女性を娶りながら、他の女に手を出す男の気持ちが知れない。

真理子は、夫が会社の部下に手を出していて、夫の気持ちがその彼女のほうに移っているのだということを話した。

「わたし、どちらかというと性格がきついから。うちの人に平気で楯突いたりするでしょう。意見を言っているつもりなんですけど……そういうのが、彼は面倒くさいみたい。部下の女だったら、何でも言うことを聞いてくれるでしょう？」

そう言われると、亭主が浮気をする理由がなんとなくわかった気がした。

「事情はわかったけど、私に相談されてもな……」

「……小野さん、わたしとベッド、つきあってもらえませんか？」

「えっ……？」

と言ったきり、民雄は二の句が継げなくなった。

「夫のつきあっている女、知っているんです。ただ従順なだけの女で、きっと飽きたら捨てられるわ。それまで我慢すればいいんです。わかっているんです。でも、わたし、そろそろ限界で……」

真理子は唇を嚙みしめ、左手で右手をぎゅっと握った。

左手の薬指からは、結婚指輪が外されていた。

「やり返したいんです。こう見えても、わたし、結婚して夫以外の男とは寝ていないんです。でも、向こうは女を作って愉しんでいる。だから、やり返したいんです。そうすれば、気持ちもおさまるでしょう？」

真理子が切れ長の瞳で、じっと見つめてきた。

「お互いさまってことか」

確認すると、真理子は黙ってうなずいた。

（そうか、それで一度寝たことのある私に、白羽の矢が立ったのか……）

少し複雑な心境だが、真理子が自分を選んでくれたことは素直にうれしい。

「だけど、私はもう五十七歳だぞ。こんな年寄りでいいのか？」

「……だから、いいんじゃないですか」

真理子が意味ありげに微笑んだ。

精力が有り余っている若い男を相手にすれば、一度では済まなくなる。本気で交際をする気のない真理子には、民雄くらいがちょうどいいのかもしれない。

(見くびられたものだな……)

少し自尊心を傷つけられたが、だからといって、拒否しようという気にはならなかった。

会社員時代の懇親会の夜に、ホテルで交わした一夜限りのセックスの甘い記憶が、全身によみがえった。

「部屋、取ってあるんです。行きましょう、時間がないわ」

真理子がすくっと立ちあがった。

「いや、待ちなさい」

民雄がためらったのは、一瞬、奈々美のことが脳裏をよぎったからだ。

奈々美は息子の嫁だ。夫婦でも、恋人でもない。操《みさお》を立てる必要などないのだが、申し訳ないという気持ちがあった。

「いやなんですか？」

「いや、そうじゃないが……そう簡単には」

「……茶道教室、どうしようかしら？　辞めてもいいんですよ。でも、義娘さん、多くの生徒さんが欲しいんでしょ？　わたし、時間がないのを無理して行ってるんですけど」

相手の弱点を容赦なく突いてくる真理子の性格は、昔と変わっていなかった。

「わかった。ただし、このことは絶対に人には言わないでくれよ。とくに、きみの旦那にばれるとまずい」

「ふふっ、わかっていますよ。大丈夫です……行きましょう」

真理子がレジに向かったので、民雄も席を立った。

周囲に知人はいないか目を配りながら、真理子の少し後をついていく。

エレベーターに乗り込むと、真理子は客室フロアのボタンを押した。

二人だけだったが、エレベーターには監視カメラが付いているはずだ。離れたところで他人のふりをしていると、真理子が近づいてきた。

正面に立ったと思ったら、右手で民雄の股間を包み込んできた。

「おい……まずいよ」

「大丈夫ですよ。このくらい……」

真理子はよくこういうことをしているのだろうか、慣れた手つきでズボンの股間をさすりあげてくるので、分身は頭をもたげはじめた。

部屋に入ると、真理子はジャケットを脱いでクロゼットにかけた。

ホテルに女と二人で来るなどいつ以来だろう。民雄がダブルのベッドが置かれた広い客室を見まわしていると、真理子が後ろにまわって、スーツを肩から脱がせてくれた。

スーツをクロゼットにかけ、真理子は笑みとともに近づいてきた。

花にたとえるならば、奈々美は一輪の白ゆりで、真理子は大輪の薔薇《ばら》だった。顔のひとつひとつの部分の造作がはっきりとしていた。それでいて、妖艶《ようえん》としか言いようのない男好きのする雰囲気をたたえている。急速に近寄ってきたと思ったら、キスされていた。

柔らかな女の唇が、民雄の唇に押し当てられて、ちゅっ、ちゅっとついばむような動きを見せる。

「ふふっ、あの夜のこと、覚えています？」

真理子は顔を離して、瞳のなかを覗き込んでくる。

「ああ、もちろん覚えているよ」

民雄は腰のあたりにそっと手を添えた。

「よかった。酔っていらしたから、あまり覚えていないかと思った……わたし、あの夜のこと、しばらく忘れられなかった」

真理子が眦《まなじり》の切れあがった瞳を向けてくる。

「いいよ。お世辞は」

「ううん、そうじゃないわ。ほんとうよ。小野さん、激しかったもの。初めてだった、あんなに感じたのは」

確かにあの夜、民雄は獣のように若い女の肉体を貪った気がする。

八年ほど前だったか、真理子もまだ入社したばかりで、あまり男性経験を積んでいなかったので、そう感じたのだろう。

「でも、あれから、わたしも成長したのよ」

真理子の右手がさがっていき、ズボンの股間を撫でてくる。

エレベーターのなかでも同じことをしていた。その大胆さに驚きながらも、分身はブリーフのなかで力を漲らせる。

充溢《じゅういつ》感のなかで、民雄もスカート越しに尻たぶを撫でまわした。ぷるるんとしたヒップの丸みに沿って、スカートがすべる感触がこたえられない。

「ふふっ、相変わらずエッチな手ね」

嫣然《えんぜん》として微笑み、真理子は民雄を押すようにして、ベッドに倒した。

仰向けになった民雄を見おろして、ワイシャツのボタンに手をかけ、上からひとつずつ外していく。

「真理子さん……？」

「いいから、今日はわたしに任せて」

真理子は真剣な顔つきで、ワイシャツのボタンを丁寧に外していく。

胸元から二連のシルバーのネックレスが垂れさがり、ブラウスを高々と持ちあげた胸のふくらみが目の前にせまっている。

こんなふうに女にせまられたのは、いつ以来だろう。

民雄はごくっと若者のように唾《つば》を呑んだ。

ボタンを外し終えて、真理子はワイシャツの裾を抜き取り、下着のシャツをまくりあげた。

あらわになった胸板に顔を寄せて、乳首にキスをしてくる。

唇で包み込むように接吻しながら、胸板を慈《いつく》しむようにさする。

「気持ちいい？」

乳首に唇を接したまま、訊いた。

「あ、ああ。気持ちいいよ」

触れられている箇所からぞくぞくっとした快感のさざ波が起こっていた。

真理子は上体を起こして、比翼仕立てのシャツのボタンを外していく。

肩から後ろに向かって抜き取ると、黒のブラジャーに包まれた乳房が現れた。寄せて集めて式のブラジャーなのか、ふたつのふくらみが真ん中に集まって、むんっとした色気があふれている。

それから、真理子はズボンに手をかけて引きおろそうとするので、民雄はそれを助けて、腰を浮かせた。

ブリーフを分身が持ちあげていることが、誇らしかった。

ここしばらくは朝勃《あさだ》ちさえしなかったのに、奈々美を抱いてから、民雄の下半身は生まれ変わったようだ。

ふくらみにちらっと視線を落として、真理子は覆いかぶさるようにして胸板にキスを浴びせてくる。

小豆《あずき》色の乳首を口に含み、かるく吸ったり、舐めたりを繰り返す。そうしながら、右手はさがり、股間のふくらみを撫ではじめた。

布地越しにでも、しなやかで長い指を感じる。

肉棹の形をなぞっていた手がさがっていき、皺袋を持ちあげるようなことをする。またあがってきて、今度はブリーフのなかへとすべり込んだ。

「うっ……！」

ひんやりした指の感触に、思わず唸っていた。

深く入り込んだ指が、皺袋をあやしはじめた。長い指が肉茎をなぞるようにして上下したと思ったら、ぎゅっと握ってきた。

包皮を亀頭冠にぶつけるようにして、ゆるやかに巧みに擦ってくる。

指の冷たさが馴染んでくるにつれ、甘い愉悦に満たされ、民雄はうっとりと目をつむった。

胸板にも柔らかな唇と温かい舌を感じる。

垂れさがって胸に触れているネックレスの冷たさがわかる。

若い頃から、民雄はセックスで受け身になったことはあまりなかった。

(いいものだな、こういうのも)

もたらされる愉悦を味わっていると、女の唇が胸板を離れた。

真理子はちゅっ、ちゅっとキスを繰り返しながら、顔を下半身へとおろしていく。

ブリーフの上から勃起に唇を何度も押しつけた。それから、ブリーフを両手でつかんで、少しずつ引きおろしはじめた。

斜め上方に向かっていきりたっている分身が、亀頭部だけ姿を見せる。

真理子はブリーフからはみだした先端にキスをする。裏側に舌を這わせながら、さらにブリーフをおろしたので、肉棹が飛び出してきて、真理子の顔面を打った。

「いやだ。元気良すぎる」

苦笑して、真理子はギンとした肉茎を、懲《こ》らしめてやると言わんばかりに強く握った。

「小野さんのおチンチン、どうしてこんなに元気なの？　五十七歳でしょ？」

きゅっ、きゅっとしごきながら、大きな瞳を民雄に向けた。

民雄は、おそらく息子の嫁を抱いているからだと思ったが、もちろん、それは口が裂けても言えない。

「私にもわからない。きっと、相手が真理子さんだからだろう」

「いいのよ、お世辞は」

「いや、お世辞なんかじゃない。真理子さんは魅力的だよ」

言うと、真理子はうれしさを隠せない様子で、民雄の鼻の頭にキスをした。

真理子も夫に浮気をされたことで、自分に自信を失っているのかもしれないと思った。

「ねえ、シャワー浴びてきていい？」

真理子が上から見おろして言った。

「あ、ああ。どうぞ」

答えると、真理子はベッドから降りて、バスルームに向かった。

3

真理子が備えつけのバスローブをはおって出てきたので、民雄も入れ違いにバスルームに入った。

ユニットバスでシャワーを浴び、股間はソープをつけてとくによく洗った。

ホテルで女を待たせてシャワーを使うなど、ひさしぶりのことだった。

真理子を待っている間に萎《しぼ》んでいた分身が、シャワーの放流を浴びて、むくむくっと頭をもたげてくる。

一度大きくなって縮んだので、勃起力に不安を持っていたが、分身は若い頃を思い出したように力を漲らせる。

(私もまだまだ捨てたものじゃないな)

短時間でシャワーを浴び、バスタオルで体を拭く。

洗面台にふたつのコップがあり、そのひとつに真理子が使った赤い歯ブラシが立てかけてあった。

民雄も青い歯ブラシを使って、歯を磨く。

うがいをして、使った歯ブラシをもうひとつのコップに立てかける。赤と青の歯ブラシが仲良く並んでいるのを見ると、年甲斐もなく心が躍った。

同時に、自分は今から不倫の片棒を担ぐのだという実感が湧いてきて、胸が妙な具合に軋んだ。

バスローブをはおって出ると、応接セットの一人掛けソファに腰かけた真理子が、ケータイを耳にあてて電話をしていた。

(誰だろう？　亭主か？)

応答する声を聞きながら、民雄もテーブルを挟んだところにある椅子に腰をおろした。

「ええ、そうよ。これから、例の茶道教室に行くところ。大丈夫よ。あなたは？」

あなたは、と相手を呼ぶところを見ると、やはり相手は夫なのだろう。

(亭主も心配になって、電話をかけてきたのか……)

民雄が電話が終わるのを待っていると、真理子がいきなり足を開いた。

大胆に片足を肘掛けにかけたので、バスローブがはだけて、太腿とその奥の翳りがのぞいた。

(な、何をしているんだ？)

驚愕を覚えながらも、視線は恥毛の流れ込むあたりに引き寄せられる。大きく足を開いた、男を誘うような格好が卑猥だった。

「そう……商談でクライアントと逢っているの。土曜日まで仕事なんて、相手もずいぶんと仕事熱心ね」

赤のケータイに向かって話しかけながら、真理子は空いているほうの右手を下腹へとおろした。

下腹部をせりあげ、民雄に見せつけるように、指で恥肉をなぞった。

ケータイから流れてくる夫の話を聞きながら、円を描くようにして撫でまわしている。

(私を誘っているのか?)

次の瞬間、真理子が股間に添えていた指をひろげたので、肉赤色の内部があらわになった。

こちらをうかがいながら、指を開閉させる。粘膜が見え隠れして、ぬちゃっ、ぬちゃっと淫靡な音が聞こえてきた。

「ちょっと、待って」

真理子は電話に向かって言って、民雄を手招いた。

民雄がとまどっていると、今度ははっきりと「来て」と口にして、もう一方の足をあげて肘掛けにかけた。

M字に開かれた足の付け根に、女の媚肉が息づいているのを見て、民雄もたまらなくなった。

よろよろと近づいていって、真理子の前にしゃがんだ。太腿の奥に顔を埋めて、しゃぶりついた。濡れ溝に沿って舌を走らせる。

「くうぅぅ……」

真理子は歯をくいしばって、洩れそうに声をこらえている。

「ううん、何でもない」

ケータイに向かって言い、

「そうよ。そろそろ、教室に着くわ」

応対しながら、真理子は民雄の頭をつかんで引き寄せた。

発情した女性器特有の甘酸っぱい匂いに包まれて、民雄ももっと真理子を感じさせたくなる。

上方の肉芽の包皮を指で剝いて、飛び出してきた赤い突起に舌を走らせた。上下に舐め、舌を横揺れさせると、

「くくうぅぅ……」

真理子は鼠蹊部をびくびく震わせて、洩れそうになる声を抑えた。

「えっ……何でもないわよ。そろそろ、切るわよ。着くから……じゃあ」

真理子がケータイを閉じる音がした。

民雄は顔をあげて、訊いた。

「亭主から？」

「ええ。わたしのこと、心配してたみたい」

「旦那も、きみのことをまだ愛してるってことだろ？」

「違うわよ。自分がやましいことをしているから、わたしがどこにいるか、知っておきたいだけ……ねえ、今の、気持ちいい」

真理子が腰を横揺れさせて、せがんでくる。

民雄はふたたび媚肉にしゃぶりついて、肉びらをまとめて吸い込み、ねろねろと揉みほぐす。

クリトリスに舌を這わせながら、右手をあげて、乳房を揉みしだいた。

「ぁあぁぁ、ぁあぁぁぁ、気持ちいい」

真理子はM字に開いた膝をいっそうひろげるようにして、恥丘を擦りつけてくる。

そのあられもない動きに民雄はますます昂奮し、クリトリスを吸ったり、転がしたりを繰り返す。右手に感じる乳首は硬くしこっていた。

たっぷり五分ほどはクンニをつづけただろうか、真理子の太腿が歓喜の痙攣を起こし、肉びらが蜂蜜を塗り込めたようにぬるっとしてくるのを感じて、民雄は顔をあげた。

真理子がフェラチオ好きであったことを思い出していた。

「そろそろ、しゃぶってくれないか？」

言うと、真理子はうなずいて、椅子から立ちあがった。

民雄はふと思いついて、壁に取り付けてある等身大の鏡の前に真理子を連れていった。

バスローブを脱ぎ捨てて鏡の前に立つと、真理子もバスローブを肩から落として、自分からしゃがんだ。

いきりたつものをつかんで舌で湿らせてから、頬張ってきた。

攻撃的なフェラチオだった。

途中まで咥え、顔をS字に振るようにして、分身をしごいてくる。

獣が獲物を食い千切るときのように激しく吸い立てて、ちゅるっと吐き出した。

息をととのえる間も、唾液でぬめる肉棹を握って離さない。

「激しいね。前よりずっと激しくなった」

思わず言うと、

「ひさしぶりなの。だから……」

真理子は一瞬女らしいところを見せて、羞《は》じらった。

「旦那とは、していないんだ？」

「ええ……もう、半年くらい」

ぽつりと答えて、真理子はふたたびしゃぶりついてくる。

今度は斜めに咥えて、亀頭部を頬の内側に擦りつけるようなことをする。見ると、すべすべの頬が勃起の形そのままに異様にふくれあがっていた。

「真理子さん、鏡を見てごらん」

おずおずと鏡に視線をやった真理子が、いやっとばかりに目を逸らせた。

「ダメだ。ちゃんと見て、自分の姿を」

言うと、真理子はふたたび鏡のほうを見た。

今度は目を逸らさないで、自分の頬がぷっくりとふくれあがっている姿に釘付けになっている。

「何が見える？」

「…………」

真理子は、鏡のなかの自分をうつろに見つめたままだ。

「さっきみたいに、擦りつけて」

わずかなためらいの後に、真理子は斜めに顔を振った。

頬のなかに生物を飼っているかのように、丸いものがずりずりと移動していくのがわかる。

羞恥を感じているような困ったような表情が、たまらなく色っぽかった。

真理子は右頬の次は左頬の内側を、亀頭部に擦りつけた。

それから、肉棹を吐き出し、股ぐらに潜り込むようにして、皺袋を舐めてきた。

陰毛の生えた陰嚢《いんのう》の皺をひとつひとつ伸ばすように丹念に舌を走らせる。そうしながら、肉茎を握ってしごきつづけている。

(前はこんなことはしなかった。亭主に仕込まれたか？)

次の瞬間、睾丸《こうがん》が温かな口のなかに吸い込まれていた。

顔を傾けて、真理子は片方の金玉を頬張り、なかで揉みほぐすようなことをする。

(おおぅ、こんなことまで……！)

真理子はもう一方の睾丸も口に含んだ。

なかで舌を躍らせながら、肉茎をきゅっ、きゅっとしごいてくるので、否応なしに充溢感が高まる。

(ここまでしてくれる女を放っておいて愛人を作るとは、旦那はいったい何を考えているのか？)

男と女は長い間一緒に暮らしていると、心がときめかなくなってしまうのかもしれない。自分も亡妻とは、後年になってからはお義理のセックスしかしていなかった。

真理子は裏筋に沿って舐めあげると、頬張ってきた。

「鏡を見てごらん」

顔を向けさせると、真理子は咥えながら、鏡に視線を投げた。

横目に鏡のなかの自分を見ながら、大きく顔を打ち振って、屹立をしごきたてる。

今度は横を向き、鏡と向かい合う形で、肉棹にちろちろと舌を走らせる。

そうしながら、鏡のなかの自分をじっと見ている。

民雄は自分の姿を鏡で見ても失望するだけなのだが、女性にとって鏡は、男とは違う意味を持っているのかもしれない。

真理子は両手で腰を引き寄せて、大きく速いストロークで擦りたててくる。

もう、鏡を見ようとはしなかった。柔らかな唇と舌で挟みつけるようにして、亀頭冠を中心にしごかれると、甘い疼きが急速に高まってくる。

真理子はゆっくりと亀頭から唇を離すと、

「小野さん、これが欲しい」

見あげながら、いきりたつものを握りしめた。

4

真理子をベッドに這わせ、民雄はベッド脇の床に立った。

「こっちに」

呼ぶと、真理子は両手両足を突いた格好で、後ろ向きに這ってきた。ベッドの端まで来た真理子の尻をつかんで、

「いい格好だぞ。尻の孔が丸見えだ」

言葉でなぶると、真理子は「いやっ」と尻たぶを引き締めた。

「かわいいお尻の孔だね。ひくひくして、恥ずかしがってる」

「あああぁ、変わらないわ。前のときも、小野さん、同じことを言ってた」

「よく覚えているね」

「覚えてるわよ。わたし、あのときに初めてイッたんだもの」

真理子がまさかのことを言った。

(知らなかった、そうだったのか……)

だったら、その後も民雄とつきあってくれてよさそうなものだが、好きな男がいると言っていたから、深入りするのを避けたのだろう。

少し残念だが、自分のセックスに自信が湧いてきた。

突き出された尻を撫でまわした。ウエストは見事にくびれ、尻はまろやかでボリュームがある。

(頭が切れるうえに、このボディ……天は二物《にぶつ》を与えるんだな)

そう思うと、少しいじめたくなった。

唾液でぬめる肉棹の先を、裂唇にずりずりと擦りつけてやる。

「ぁあぁ……それ、いい……」

真理子は尻を縦揺れさせて、濡れ溝を押しつけてきた。恥毛も濃く繁茂し、肉厚の陰唇はふくよかで、内部の溝を覆い隠している。

饅頭のようにぽってりした肉びらが、分身にまとわりついてきた。

「いやらしい腰つきだな、真理子さん」

「ああん、意地悪。ちょうだい。早くぅ」

真理子は身も蓋《ふた》もない言葉を吐き、腰から尻にかけてを波打たせる。

「そう言われると、逆に入れたくなくなる」

「ううぅぅ……どうすればいいの？」

「……自分で導いて、入れなさい」

真理子はためらっていたが、やがて、右手を尻のほうに伸ばして、猛りたつものをつかみ、狭間の肉孔に押しつける。

「ここよ。入れて」

「ダメだ。自分で入れなさい」

しばらくすると、真理子は後ずさりしながら、尻を後ろに突き出すようにした。

切っ先がふくよかな陰唇を切り開いて、内部に潜り込んでいく感触がある。

「うっ……」

肉棹から右手を離して、真理子はぐぐっと背中をしならせた。

（おおぅぅ……この、まったり感。たまらない）

内部のふくれあがった肉襞が侵入者を包み込み、その豊かな抱擁感に民雄は唸った。

真理子は体内に押し入ってきたものの感触を味わうように、しばらくその姿勢でいたが、やがて、

「小野さん、動いて……お願い」

ぐいぐいと尻を押しつけてくる。

民雄も応えて、尻たぶをつかみ寄せた。腰をまわすようにして、切っ先で内部を満遍なく擦りつけた。

分身が膣肉を押しひろげていく感触がたまらなかった。

「あああぁ、ぁあああぁ、気持ちいい……溶けてく。あそこが溶けてく」

真理子が心からの喜悦の声をあげた。

「そうか……溶けてくか。今度は、奥を突くからな」

民雄はかるくジャブを突く。馴らしておいて、一気に打ち込むと、

「うあぁ……！」

全身を撥ねさせて、真理子は首から上を激しくのけぞらせる。

民雄はまた浅瀬をかるく突き、頃合いを見て、反動をつけた一撃を叩き込む。

「あっ、あっ、あっ……うぐっ！」

真理子も突きのリズムに合わせて、声を放つ。

床に足を踏ん張ったこの姿勢だと、男は全身を使うことができる。

前に逃げようとする腰をつかみ寄せて、奥まで打ち込んだ。そのまま子宮口のあたりを切っ先でえぐりまわしてやる。

「いやぁああ……ぐりぐりしてくる」

シーツを握りしめて、真理子が苦しげな声をあげた。

「きついのか？」

「ううん、そうじゃないわ。何かが頭の先まで、ツーンって響いてくる」

「ツーンと来るか？」

「はい、はい……ぁあぁ、くうぅぅ」

連続して深いところに届かせると、真理子は力が入らなくなったのか、前に崩れかけた。

民雄もベッドにあがって、真理子を押しつぶすようにして腹這いにさせた。

のしかかっていき、尻のふくらみに押し出されないように下腹部をせりだす。真理子の肩口から右手を差し込んで抱きくるめるようにして、腰を叩きつけた。

「あっ、あっ、あっ……これも、いい」

さしせまった声をあげながら、真理子はもっと深いところに欲しいとでも言いたげに、尻を持ちあげてくる。

分身を押し込むたびに尻を押す形になり、そのぶわわんとした反発力がひどく心地好い。真理子は気持ち良さそうに喘いでいたが、

「ねえ、もっと奥まで欲しい」

と、おねだりしてくる。

民雄はいったん女体から離れると、ベッドに仰向けに寝た。

「上になって」

淫蜜に濡れた肉棹をしごきながら言うと、真理子はすぐにまたがってきた。

蹲踞《そんきょ》の姿勢で、いきりたつものを受け入れ、腰を落とした。

「うっ……はぁあぁぁぁぁ」

顔を撥ねあげて、肉茎を奥まで招き入れる。

「ああ、たまらない。いいの、いい！」

真理子は何かに憑かれたかのように、腰から下を揺り動かす。

民雄が目をつむって、分身が揉み抜かれる愉悦を満喫していると、真理子の声がし

た。

「小野さん、どう？　気持ちいい？」

「ああ、気持ちいいよ」

「わたし、上手くなった？」

「ああ、上手くなった」

「ほんとう？」

「ああ、嘘じゃない。ずっと、上手くなったし、感じるようになった」

「よかった……」

真理子は膝を立てて、接合部分を中心にして時計回りにまわりはじめた。横を向いたところで動きを止めて、民雄の左足を抱えあげた。あげられた左足に乳房を擦りつけるようにして、腰を揺する。

この体位だと尻が邪魔をすることがないせいか、分身が深いところに潜り込んで、強い快感がうねりあがってきた。

「これ、どう？」

「いい感じだ。気持ちいいよ」

「うれしい……ぁああんん、気持ちいい。ぐりぐりしてくる」

真理子はほぼ真横を向いた形で、腰を前後に擦りつけてくる。濡れ溝が擦りつけら

れるのを感じながら、民雄が突きあげてやると、

「ぁあぁぁぁ、いい……奥まで届いてる」

真理子は喘ぎ喘ぎ言って、帆掛け舟の形で持ちあげられた民雄の足に、猛烈にキスをしてくる。

初めての体験に驚きながらも、民雄はもたらされる快感に酔った。

しばらくすると、真理子は足を放し、時計回りに移動して、真後ろを向いた。

前屈みになって、腰を上下動させるので、淫蜜にまみれた肉棒がとば口をうがつさまがはっきりと見えた。

「どう、見えます？」

「ああ、見えるよ。あれが、真理子さんのオマ×コにずぶずぶ埋まってる」

「ああん、エッチ……」

「……手を後ろに」

真理子が両手を差し出してくる。

その手をつかんで、真理子の背中を垂直に立てておいて、下から撥ねあげてやる。

「うっ……うっ……ぁあぁぁ、たまらない」

上で肢体をバウンドさせながら、真理子はしなやかな背中を反らす。

（ああ、やはり、女はいい！）

五十歳を過ぎて、女と身体を合わせることもなくなり、女体の感覚を忘れていた。

それが、奈々美、真理子とつづけて抱いて、若い頃の感覚を思い出していた。

歳を取って体力はなくなったが、その分、いやらしさは増しているように思う。

「ああん、イキそう……小野さん、イキたい。前から抱いて。抱かれてイキたいの」

真理子が言った。

「わかった」

真理子は腰を浮かせて、ベッドに仰向けになった。

民雄は足を抱えるようにして、正面から押し入った。

「くうぅぅ……いいわ。いいの、抱いて」

民雄は覆いかぶさるようにして、肩口から右手を首の後ろにまわし、真理子を抱きすくめた。その姿勢で、腰を波打たせるようにつかう。

「あああぁぁ、ぁあああぁぁ……小野さん、好き」

真理子が下からしがみついてきた。肩から背中にかけて両手をまわし、足をM字に開いて、民雄を受け入れている。

好きと言われて、民雄は気恥ずかしくなる。おそらく閨のときの常套句《じょうとうく》だろう。

だが、悪い気はしない。

「真理子さん、イカせてやる。そうら」

恋人のような気になって、民雄は猛り立つもので、膣肉を擦りあげる。

ますます収縮力が増した女の筒が、きゅっ、きゅっと分身を締めつけてくる。

「おおぅ、真理子さん。あんたはいい女だ」

「ああ、うれしい……」

「そうら、おおぅぅぅ」

民雄は吼《ほ》えながら、分身を叩き込んだ。

「あっ、あっ、あっ……くうぅぅぅぅぅ……いいっ、くるわ。きそう……出して。そのまま、なかに出して！」

「いいのか？」

「ええ、大丈夫。ピルを飲んでいるから」

「そうか、そうら……なかに出してやる」

民雄は残りの体力を一気につかって、打ち込んでいく。分身が女の筒を削るように擦っていく感触がこたえられない。

甘い疼きがひろがり、射精前に感じる津波に似た感覚が押し寄せてきた。

「あああぁぁ、ちょうだい。出して。いっぱい、出して！」

「おおぅぅ、いっぱい出してやる」

真理子の今にも昇りつめそうな顔を見ながら、猛烈に腰を叩きつけた。

「いい、いい……すごい、すごいわ」

譫言のように口走りながら、眉をハの字に折り曲げて、のけぞりかえる真理子の表情が、一線を越えさせた。

「出すぞ。そうら」

「ああ、いい……くるぅ……やぁあああぁぁぁぁぁぁぁぁ」

真理子は最後にウッと呻いて、顔が見えなくなるほどにのけぞりかえった。

駄目押しの一撃を叩き込んだ瞬間、民雄は真理子のなかにしぶかせていた。

体が粉々になるような射精感が脳天にまで一気に上昇する。

がくっ、がくっと女のように全身を痙攣させながら、民雄は精液が解き放たれる快感に酔った。

奈々美を相手にしているときは、外に出していた。

その分、いまひとつ射精時の悦びに欠けていた。

だが、こうして女の体内に発射していると、射精の快感が違った。

しかも、真理子の膣はびくびくと、分身を締めつけてくる。

放出を終えたときには、全身のエネルギーを絞り尽されたようで、民雄はがっくりと真理子に折り重なっていく。

ぜいぜいとした息づかいがおさまらなかった。

それでも、重いだろうと真理子を気づかって分身を抜き、すぐ隣に横になった。

仰向けになって天井を眺めていると、真理子がにじり寄ってきた。

「すごく、よかった」

「そ、そうか……」

「あと、十分だけ、こうしていていい？」

「ああ、かまわない。好きなだけ、こうしていなさい」

言うと、真理子は腋の下に顔を埋めて、かわいく鼻を鳴らした。

第五章　未亡人の襟足

1

茶道教室は生徒の人数こそ少ないものの、順調に進んでいるようだった。

訊いたら、入会金が一万円で、月謝は月三回で八千円だという。おそらく本部への上納金があるだろうから、よほど生徒の数が多くないと、大した収入にはならない。

(徐々に増やしていけばいい。それに、奈々美さんが働くことで少しでも気が紛れてくれれば……)

民雄としても、週に三度、家に和服姿の女性が集まることで、気持ちが晴れやかになる。

真理子も辞めないで通ってきている。顔を見るたびに、下半身が微妙に疼くが、あれから真理子は民雄を誘ってはこない。

おそらく、この前民雄と不倫をしたことで夫への反発心が消えて、今はなんとか我慢できているのだろう。

民雄としても、人妻である真理子に自分から声をかけることは憚《はばか》られた。

また、耐えられなくなったら、向こうから誘ってくるだろう。そのときは応じるつもりだ。

（それにしても啓介のやつ、妻が頑張っているのにまったく連絡も寄越さないで……）

奈々美が教室を開いていることを知ったら、どんな顔をするだろう。

考えても仕方がないので、民雄もなるべく息子のことは忘れることにして、会計士の仕事をこなしていた。

青色申告が集中する時期も過ぎて、いつものペースに落ち着いていた。

夜、夕食を終えてリビングでくつろいでいると、後片付けを終えた奈々美がやってきた。久仁子は二階の自室にあがっていった。

「お義父《とう》さま、明日、また本部のほうに出かけますから」

そう言って、奈々美はソファに腰をおろす。

「ああ、そうか……また、泊まりになるのか？」

「ええ……すみません。ご迷惑かけて」

「いや、私のことはいいんだが……研修は何回行けば終わるんだ？」

「そうですね……あと二回くらいだと思います」

民雄はうなずいて、テレビに目をやる。

内心では、幹部の石黒裕仙にちょっかいをかけられているのではないかと不安でしょうがないのだが、それは口には出せない。

奈々美はテレビのお笑い番組を見て、声をあげて笑っている。

茶道教室を開くようになってから、奈々美は少し明るくなった。いいことだとは思うが、民雄には不満もあった。

この一カ月、民雄は奈々美を抱いていなかった。

久仁子が家にいるから、確かに難しいとは思うのだが……。

テレビを眺めるふりをして、ちらっと奈々美に視線を投げる。

ブラウスにカーディガンをはおり、膝丈のスカートを穿いていた。スカートから二本の足がすっと斜めに流されている。足の角度を変えたので、一瞬、太腿がかなり際どいところまでのぞいて、ドキッとする。

あわてて視線をあげると、ブラウスを持ちあげた胸のふくらみが目に入る。

(格好のいいオッパイをしていたな)

奈々美の生の乳房が思い出されて、下半身が疼く。

「そちらに移ってもいいか？」

「えっ……はい、どうぞ」

民雄は立ちあがり、三人掛けのソファに腰をおろした。

「奈々美さん、石黒裕仙とかいう男は大丈夫なのか？　奈々美さんにへんなことをしていないだろうな？」

我慢できずに、心に引っ掛かっていたことを口に出していた。

「えっ……そんなこと気にしていらしたんですか？　大丈夫ですよ。あの方はそんなことするような人ではありません」

「そうか……なら、いいんだが。どうも、あの男が気に食わなくてね」

「ふふっ、妬《や》いてくれているんですか？」

「……いや、そうじゃないが」

民雄は自分が恥ずかしくなった。

「うれしいわ。心配していただいて」

そう言って、奈々美が顔を肩に預けてきた。

ドキリとしながらも、民雄もためらいつつ手を伸ばして、肩を抱いた。

「ダメっ……叔母さまが」

「奈々美さんがこんなことをするから……足音がしたら、やめればいいさ」

民雄は右手で、スカート越しに太腿を撫でた。スカートがずりあがって、太腿がのぞく。

「ああ、ダメです」

「もう一カ月、抱いていないんだ。そろそろ、いいじゃないか？」

「叔母さまがいるもの。気づかれたら、大変ですよ」

「わかってるさ」

言葉とは裏腹に、民雄はスカートのなかに手を入れた。

ぎゅうと締まってくる太腿をこじ開けるようにして奥へとすべらせていくと、力が緩んで太腿がひろがっていく。

パンティストッキングに包まれた太腿はむちむちした女の肉をたたえ、さするだけで気持ちがいい。

民雄は片方の足をつかんで、さらに開かせた。

「ああっ、ダメです」

そう言いながらも、奈々美は足をはしたない角度で開いたまま、拒もうとはしない。

（そうか……奈々美さんも待っていたんだな）

民雄は手のひらを股間に張りつかせて、やわやわと揉んだ。女の肉芯が柔らかく沈み込む感触がこたえられない。上下にさすると、

「ううん……」

奈々美はくぐもった声を洩らして、下腹部をせりあげてきた。

（よし、これなら……）

民雄がパンティストッキングの上端から手を入れようとすると、奈々美がその手を押さえた。

「ダメっ……したくなっちゃう」

「いいじゃないか。今夜、奈々美さんの部屋に行くよ」

思わず言うと、

「いけません。叔母に見つかったら、終わりですよ。教室どころではなくなります。叔母さまがいなくなるまで待ってください」

奈々美は最後に悩ましい目を向けて、民雄の手を外した。

きっと、民雄は傍目《はため》にもがっかりした顔をしていたのだろう。奈々美はそんな民雄を慰めるように、民雄の手を取った。

「わたしだって、お義父さまとしたいんですよ……もう少し、我慢しましょ」

「ああ、そうだな」

確かに奈々美の言う通りだ。自分より、奈々美のほうが大人だった。

（奈々美、真理子とつづけて抱いて、私は盛りがついた状態になっているのかもしれ

ないな）

自分を戒めていると、廊下を歩く足音が近づいてきた。

二人はとっさに身体を離して、テレビを見るふりをする。ドアが開く音とともに、久仁子が入ってきた。

「話の途中なら、つづけてもらっていいですよ」

二人を見て言う。

「いや、ちょうど終わったところだ。久仁子さん、ここに」

民雄はソファを指し、自分は席を立って、一人掛けのソファに腰をおろす。

久仁子が奈々美の隣に座ったが、どことなく雰囲気がおかしい。

（不審に思われただろうか……？）

一瞬不安に駆られたが、久仁子が何事もなかったように、奈々美と明日の研修のことを話しだしたので、民雄はほっと胸を撫でおろした。

2

翌日の夜、民雄は和室で座卓を前に、久仁子と酒を酌み交わしていた。

今夜は奈々美が本部に研修に行っていて留守である。久仁子と酒を飲みたくなって誘ったところ、久仁子は「いいですね」と顔をほころばせた。

座卓には、久仁子が手際よく作った酒の肴が載っている。

久仁子が好きだという日本酒を差しつ差されつで飲んでいるうちに、二人とも酔ってきた。

普段着の小紋《こもん》の着物をつけた久仁子は、色白の顔がほんのりと染まって色っぽい。和服を着慣れて所作も美しいためか、まるで旅館の女将《おかみ》と飲んでいるようだ。

いつの間にか、久仁子の身の上話になっていた。

三年前に夫を癌で亡くし、それからひとりで人生を送ってきた。子宮頸管に障害があって、子供はできないのだという。

「好きなお茶を教えていられるんですから、満足しているんですよ。でも、やはり連れ合いがいないと寂しいですね」

久仁子はしんみりと言う。

「奈々美もこれから子供を作って、家庭を築こうというときに、旦那さんがいなくなったんだから、ほんとうにつらいと思うわ。教室を開くことで、少しでも気が紛れればいいんだけど」

久仁子も奈々美を自分の子供のようにかわいがってきたから、姪のことが心配でしかたないのだろう。

「申し訳ない。ダメ息子で。この通り、謝るよ」

民雄は深々と頭をさげた。

「そんなつもりで言ったんじゃありません……奈々美はお義父さまのようなステキな方がついていらして、恵まれていると思っているんですよ」

「いや、いや、私なんか、何もしてやれなくて」

「そんなことないです。奈々美は、お義父さまがいらっしゃるから、ここまで耐えてこれたんだと思います」

民雄は気恥ずかしくなって、盃をぐびっと呷《あお》った。

それから、言おうとしてなかなか言い出せなかったことを口にした。

「ひとつ頼みたいことがあるんだが……」

「えっ、何ですか？」

「その、お義父さまというのはやめてもらえないか？　あなたのような方からそう呼ばれると、なんだかね」

「ふふっ、では、どうお呼びしたらいいのかしら？」

久仁子がかわいく小首を傾《かし》げた。

「何でもいいですよ」

「名字を呼ぶのも変でしょ……民雄さんでいいかしら？」

「あ、ああ、いいよ、それで」

「民雄さん」と呼ばれて、民雄は複雑な気持ちになった。かつて、女房にそう呼ばれていたからだ。

そんな民雄の心のなかを察知したわけでもないだろうが、

「民雄さんも、五年前に奥様を亡くされたんですってね。お寂しいでしょう」

久仁子がお銚子《ちょうし》を持って、空になった盃に酒を注いでくる。

「もう、慣れたよ。しかし、女房に先に逝かれるわ、息子には失踪されるわで、私の人生、どうなっているんだろうね」

「ちょっと、手を見せていただけます？　わたし、手相も見られるんですよ」

久仁子がにじり寄ってきた。民雄の左手をつかんで、じっと目を凝らす。

これまで、久仁子とこんなに接近したことはなかった。奥様風にまとめられた髪からいい匂いがする。

「どう？」

ドギマギしながらも訊くと、久仁子は左手の指で手のひらの線をなぞりながら、

「これが、生命線。強いですね。ほら、ここから線が出てるでしょう。これは、家族からの障害を表しています。年齢的には六十歳前ですから、今の状態が出ているんでしょうね」

「そんなこともわかるのか？」

「ふふっ、わかりますよ。あらっ、すごい。ここ、小さな十字のクロスがあるでしょう？」

見ると、手のひらの中央に確かに十字架のような線が刻まれている。

「これは、神秘十字形と言って、大難を小難に変えるとてもいい印なんですよ。だから、きっと息子さん、帰っていらっしゃるわ」

「そうか！」

「ええ、そう思います。ただ……」

久仁子が顔をあげて、民雄を見た。

「この家族からの障害って、息子さんだけではない気がする。失礼ですが、民雄さんは奈々美のことどう思われています？」

いきなり訊かれて、民雄の心臓は縮みあがった。

「ど、どうって……？」

「奈々美のことを、ひとりの女として見ていらっしゃるような気がして」

図星を指されて、民雄は言葉を失った。

「もし、そうだとしたら、その気持ちは忘れてくださいな。奈々美は息子さんのお嫁さんなんですから」

久仁子の指摘が、胸を深くえぐってくる。

だが、その事実を絶対に認めるわけにはいかなかった。

「い、いや……私は奈々美さんのこと、そんなふうには思っていないよ」

「ゴメンなさい。だったら、いいんです……昨夜、リビングでちょっとそう感じたものだから。その前からも、少し……」

そう言って、久仁子は手のひらを両手でなぞった。

「久仁子さんの思い過ごしだ」

「だといいんですけど……それに、奈々美よりもわたしのほうが、民雄さんには合っていると思うわ」

言葉の意味を考えていると、久仁子がしなだれかかってきた。

「わたし、この家に来て、よかったと思っているんですよ」

「そ、そうか……」

「……わたしのこと、お嫌いですか？」

「いや、嫌いなはずがない。久仁子さんは素晴らしい女性だと思うよ」

「ほんとうにそう思っていらっしゃいます？」

「ああ、ほんとうだ」

「……寂しいの。すごく、寂しい」

久仁子が肩に顔を預けてきたので、民雄もごく自然に肩を抱き寄せていた。

「恥ずかしいわ。女のほうから、こんなこと……軽蔑なさらないでくださいね」

「そんなことするわけがない。私も女房を亡くしてからずっとひとりだ。久仁子さんの気持ちはよくわかる」

「……抱いて、お願い」

久仁子がしがみついてきた。

(奈々美、真理子につづいて、久仁子までもが。いったいどうしてしまったんだ、私の人生は？)

未亡人と化している息子の嫁を抱いてから、妙なフェロモンが体から発散されているのかもしれない。そうとしか思いようがなかった。

「しかしな……」

「わたしではいやですか？」

「いや、そんなはずないじゃないか」

「だったら……民雄さんもご不自由なさってるんでしょ。わたしと同じ……」

久仁子が言ったので、民雄も覚悟を決めた。

「わかった。ただし、このことは内緒だよ」

「ええ……」

民雄は久仁子をそっと畳に倒した。

臙脂《えんじ》色の着物にベージュの帯を締めた久仁子は、畳に仰向けになり、恥ずかしそうに顔をそむけた。

着物の裾が乱れて、白の長襦袢と白足袋がのぞいている。

前身頃を割ろうとした民雄の手が、ふと止まった。

お前は息子の嫁を抱いたばかりか、その叔母とも関係を持とうとしている……。

だが、久仁子も三年前に夫を亡くして、ひとりで過ごしてきた。

未亡人の空閨《くうけい》を満たしてやることの、どこがいけないのだ？

葛藤《かっとう》が、民雄の動きを止めさせていた。

久仁子がこちらを見て、言った。

「お願い。女に恥をかかさないで」

そのひと言が、民雄に踏ん切りをつけさせた。

民雄は右手をおろし、着物の裾をたくしあげるようにして前を割った。長襦袢がはだけて、雪のように白い太腿が見える。

太腿の奥へと指を届かせると、指が柔らかな女の肉をとらえる。久仁子は下穿きをつけていないようだった。

「ああうぅぅ」

久仁子は左右の太腿をよじりあわせるようにして、指の動きを封じた。

それでも、民雄が着物越しに胸のふくらみを揉みしだくと、太腿の圧迫感が消えていった。

そこはすでにそぼ濡れて、ぬるっとした感触を指先に伝えてくる。

(この三年間、我慢していたんだな)

未亡人が、身体の渇きをこらえて過ごしてきた三年間の日々を思った。

民雄は着物の襟元から左手をすべり込ませて、じかに乳房をつかんだ。明らかに奈々美の乳房とは豊かさが違った。

片手ではつかみきれない乳房を揉みしだき、頂《いただき》の突起をくりくりと転がした。そうしながら、太腿の奥をさすりつづける。潤みが増し、

「あああぁ……いやっ……くうぅぅぅぅ」

久仁子は眉間に皺を刻み、泣き出さんばかりの表情で何かをこらえている。

それでも、片方の足は外側に曲がるように開き、長襦袢から内腿がのぞいていた。

濡れ溝をさすりまわすと、それに合わせて腰が円を描くように動いた。

茶道師範のプライドなど忘れたかのように、男の指に翻弄《ほんろう》されて腰をくねらせている。そのあられもない姿を見ていると、強い昂奮がうねりあがってきた。

民雄は下半身のほうにまわりこみ、久仁子の足を開かせながら持ちあげた。

着物の前が割れて、白の長襦袢がはだける。

M字に折り曲げられた足は、太腿がむちむちっとしていて、その奥の恥毛は漆黒のビロードのような光沢を放っていた。

「ああ、許して……こんな恥ずかしい格好」

久仁子は内股になって、懸命に恥部を隠そうとする。恥ずかしいと言いながらも、その実、昂ぶっているのがよくわかる。久仁子はMっ気があるのかもしれない。

民雄は顔を埋め込んで、久仁子の女の部分に舌を走らせる。

着物は匂いを閉じ込めるのだろうか、そこには磯溜まりに似た性臭がこもっていた。熟れた女の匂いに陶然《とうぜん》となりながらも、濡れ溝に沿って舐めあげる。上方の肉芽にちろちろと舌を走らせ、口に含んで吸う。

「ううううぅぅ……ぁあぁぁぁううぅ」

抑えきれない声が洩れて、下腹部がうねりはじめた。

もっと強い刺激を求めているのか、久仁子は舌の動きに合わせて、女の部分をせりあげたり、横揺れさせたりする。

その女の欲望をあらわにした動きが、民雄を急がせる。

クンニをやめて、久仁子の右手を着物の奥へと導いた。

「ズボンを脱ぐから、その間、ひとりでやっていなさい」

言うと、久仁子はエッという顔をした。

「いいから、しなさい」

強く命じて、民雄は立ちあがり、ズボンに手をかける。

「ほら、久仁子さん！」

もう一度せかすと、久仁子は右手の指をおずおずと動かしはじめた。

着物と長襦袢がまとわりつく右足を外側に開き気味にして、左足は膝を立てていた。右手で隠すようにして、繊毛が流れ込むあたりを丸くなぞっている。

左手をかぶせて、右手の動きが見えないようにしながら、顔を持ちあげて、民雄を悲しそうな目で見ている。

その困ったような恥ずかしいような表情が、民雄をかきたてる。

ブリーフをおろすと、久仁子の視線が猛りたつものから離れなくなった。

勃起した男性器官を見るのも、ひさしぶりなのだろう。

民雄はいきりたつものを握って、見せつけるように大きくしごいた。包皮を亀頭冠にぶつけるようにして、きゅっ、きゅっと擦る。

久仁子は視線を釘付けにされながら、自らの陰唇をさすりまわしている。

ねちゃ、ぬちゃという音がして、

「ああ、いや……聞かないで」

いやいやをするように首を振った。

「聞こえてしまうよ。いやらしい音がしてる……久仁子さん、こちらを見て」

言うと、久仁子はおずおずと顔を向ける。ぼうと霞んだような瞳には、男が猛りたつものをしごきたてる姿が映っているはずだ。

「見ながら、オナニーしなさい」

「ああ、そんなこと、できません」

拗《す》ねたように言う。

「いいから、自分でしなさい」

強く言うと、久仁子は観念したのか、無言で恥肉に指を遊ばせる。

快感に目を閉じようとするので、叱咤して、センズリするところを見させる。

「あああぁ、恥ずかしいわ……こんなのいやっ。いや、いやっ、許して」

眉を折り曲げて哀願しながらも、久仁子は躍りあがる男根に視線を注ぎ、ますます活発に股間をまさぐる。

白足袋に包まれた小さな足が、ずりずりと畳を擦っているのを見ると、もう我慢できなくなった。

3

久仁子を座らせ、民雄はその前に仁王立ちした。

目の前で、肉茎を見せつけるようにきゅっ、きゅっとしごきたてる。根元をつかんで上下に振ると、肉棹がどこかにあたり、ぺちん、ぺちんと卑猥な音を立てた。

久仁子が見あげてきた。眉根を寄せ、哀願するような目を向けてくる。

「どうしたいのかな?」

わかっていて訊くと、久仁子は顔をあげたまま何か言いかけて、口を噤《つぐ》んだ。

「口でしたいのか?」

問うと、久仁子はためらいながらも小さくうなずいた。

久仁子は猛りたつものに視線を落とすと、袖から伸びた両手で、肉棹を合掌するように左右から捧げ持ち、突き出した部分にかるく唇を押しつける。

それから、亀頭部の割れ目に沿って、舌を走らせる。

鈴口《すずぐち》に舌先を押し込むようにして、ちろちろと刺激してくる。

さらには、舌を旋回させるようにして、全体にまとわりつかせる。

愛情のこもった舌づかいだった。奈々美もそうだった。二人の家系には、男に奉仕することを悦びと感じるＤＮＡが刻まれているのかもしれない。

久仁子は亀頭部に唾液をまぶし終えると、静かに頬張ってきた。口のなかに亀頭部をおさめ、同時に合掌した手で胴体をなめらかに前後にさすってくる。

「くうぅぅ……気持ちいいぞ。久仁子さん」

思わず言うと、久仁子は先端を頬張ったまま、上目遣いに民雄を見た。

民雄も髪を撫でさすり、慈しみを込めて久仁子を見る。

すると、久仁子ははにかんで目を伏せ、両手を肉茎から離すと同時に、ぐぐっと奥まで頬張ってきた。

「おおぅぅぅ……」

分身が温かなものに根元まで包み込まれる愉悦を、民雄は目をつむって味わう。

女の膣に締めつけられるのもいいが、女の口に包まれるのは、それとは別の癒されるような悦びがある。

久仁子は激しいストロークはしようとしなかった。深く含んだまま、飴玉でもしゃぶるように舌をまとわりつかせてくる。

穏やかな陶酔感がふくらみ、民雄はずっとこのままでいたいと思った。

久仁子はちゅるっと吐き出して、肉棹を握りしめた。持ちあげておいて、皺袋に唇を押しつける。舌をいっぱいに出して、ひくつく睾丸に舌を這わせる。

茶道の師範としての凜とした姿を見ているだけに、そのしどけない仕種が、民雄をいっそう昂ぶらせた。

久仁子は陰嚢の付け根から裏筋に沿って、舐めあげてきた。裏筋の出発点である包皮小体をちろちろと舌を横揺れさせて刺激してくる。

「おおぅぅ、久仁子さん、気持ちいいぞ」

むず痒《がゆ》いような快感が跳ねあがる。

久仁子は舌を接したまま、上から頬張ってきた。なかばまでおさめ、なかで舌を亀頭にからみつかせてくる。

それから、ゆるやかに顔を打ち振った。

柔らかな唇と舌が、カリの出っ張りからくびれにかけてまといついてくるので、痺れに似た快感がじわっとひろがる。

もっと強い刺激が欲しくなって、民雄は腰を打ち振った。

久仁子の顔を両側から挟みつけ、膣に打ち込む要領でゆったりとスライドさせる。

「ううぅぅ……ぅぅうぅぅ」

苦しそうに呻きながらも、久仁子は決していやがらずに、口への凌辱を受け止めている。その姿が、民雄を急がせた。

「ありがとう、久仁子さん」

分身を口から引き抜くと、久仁子は口を半開きにして、肩で息をする。

民雄は急いで押し入れから蒲団を出して、畳に敷いた。久仁子を蒲団にあげて、

「久仁子さん、這ってくれないか？」

「こ、こうですか」

久仁子が敷き蒲団に両手両膝を突いた。

民雄は膝を浮かせるように言って、着物と長襦袢の裾を一気にまくりあげる。

「あっ……いやっ！」

久仁子があわてて腰をよじる。裾がめくれあがって、ほの白い臀部が目に飛び込んできた。

「民雄さん、この格好、いやっ」

「きれいなお尻だ。陶芸品でも見ているようだ。釉薬をかけたように、つるつるじゃないか」

丸々とした尻は、奈々美に負けず劣らず立派だった。

前に逃げようとする腰をつかみ寄せて、満月のような尻たぶを撫でまわした。むっちりと張りつめた尻の肌は、しっとりと湿っている。

奈々美よりも熟れた女の肉が、たわみながら手のひらにまとわりついてくる。

「ああ、恥ずかしいわ。見ないで……」

久仁子はきゅっと尻たぶを引き締める。

だが、奥に息づくココア色のアナルの窄まりは隠しようがなく、その下方でぽってりとした肉びらがせめぎあうようにして、秘孔を覆っていた。

指で肉芯の狭間をなぞると、肉の萼《がく》がひろがって内部の潤みが現れた。そこは外側のくすんだ色とは対照的に、鮮やかなサーモンピンクにぬめ光っている。

濡れ溝に沿って指を走らせると、

「あああぁ、ぅうううぅぅ」

四つん這いの姿勢で、久仁子はくぐもった声をあげる。

めくれあがった着物と長襦袢が帯を隠し、そこからミルクを溶かしこんだようなほの白い尻と太腿がこちらに向かってせりだしている。畳に突いた白足袋が悩ましかった。

(こういうのを、孔雀《くじゃく》セックスと言うんだったな)

民雄は昔観た映画を思い出していた。オチョコになった傘のようにまくれあがった着物が、孔雀が羽を開いた形に似ているからだろう。

(まさか自分がこんなプレイをできるなどとは、思ってもみなかった)

幸運に感謝しながら、民雄は肉厚の裂唇を指でさすりあげる。

「ぁあああぁぁ……ぁあああぁ、民雄さん……」

指に翻弄されるように、尻がうねった。

「入れるよ、いいね？」

民雄は屹立の位置を定めて、慎重に腰を進める。

両手で尻をつかみ寄せて腰を突き出すと、分身が熱い滾りに吸い込まれていった。

「うっ……はぁあぁぁぁぁ」

久仁子が苦しげに畳を指で掻くのが見えた。

まったりとした肉襞が分身を包み込む心地好さに、民雄は唸った。

内部は煮詰めたトマトのように熱く、どろどろとしていた。柔らかく隆起した膣壁が分身にまとわりつきながら、ひくっ、ひくっと締めつけてくる。

「ううっ、久仁子さん、気持ちいいぞ」

民雄はしばらく肉襞の痙攣を味わった。

それから、ゆったりと動き出した。尻たぶの両側を引き寄せておいて、下腹部を突き出す。粘膜を亀頭部が擦る快感をこらえて、腰をつかうと、

「あああぁぁ、ぅうぅぅぅ……ああぁぁ、感じる」

久仁子は顔を上げ下げしていたが、やがて、肘を突いて二の腕に顔を載せた。

上体を低くして、腰を持ちあげた姿勢が、ひどくエロティックだった。

尻たぶを撫でまわし、平手でかるく叩いてみた。

「うっ……！」

びくっと肢体が震え、同時に、膣肉がきゅっと分身を締めつけてくる。

民雄は今度はもう一方の手で、違う側の尻たぶを叩いた。

「あっ……！」

躍りあがった尻が、やがて、右に左にくねりはじめた。

(これは……？)

民雄には、久仁子がもっとぶってとせがんでいるように見えた。

赤みを帯びてきた尻たぶを、もう一度平手打ちする。

「ぁあぁぁ……」

久仁子は悩ましげに喘いで、もの欲しげに尻を突き出してくる。

(そうか、やはり久仁子さんにはこういうところがあるんだな)

民雄は深々と分身を押し込んだ状態で、左右の手で尻を乱れ打ちした。

乾いた打擲《ちょうちゃく》音がつづけざまにあがり、

「いやぁあぁぁぁぁ」

久仁子は悲鳴を長く伸ばして、顔を撥ねあげた。

それでも、スパンキングをやめてしばらくすると、また尻がもどかしそうに揺れはじめた。

雪白の尻たぶを朱に染めながらも、くねくねと腰を揺すっている。

男の本能をかきたてられて、民雄はがしっと腰を引き寄せ、深いところにストロークを叩きつけていた。切っ先が奥の院にぶつかる感触があった。

「うっ……うっ……うっ……やぁあぁぁぁぁ」

久仁子は最後はほとんど泣いているようだった。

たてつづけに打ち込んでおいて、動きを止めると、赤らんだ尻がもっととでも言うように前後左右にくねる。

「きつくされるのが、好きなんだね？」

訊くと、久仁子は少しためらってから、「はい」と答えて、

「……ああ、いやっ、恥ずかしい」

着物に包まれた身体を小さくする。

(そうか、ならば……)

民雄は、久仁子の右腕を後ろにまわさせ、袖から伸びた手首をつかんだ。

ぐいっと引き寄せると、久仁子は半身になって横顔を見せた。

腕をつかみながら、民雄は腰をつかう。ぐさっ、ぐさっと分身が突き刺さり、膣肉を押し広げていく。

「あっ、あっ……くぅぅぅぅぅ」

久仁子が苦しげに眉を折り曲げるのが見えた。だが、どこか陶酔しきった表情をしている。

「気持ちいいんだな？」

「はい……苦しいけど、気持ちいい……もっと、もっと、久仁子をいじめてちょうだい」

「よし、次はこっちの手も後ろに」

言うと、久仁子は左手もおずおずと後ろにまわした。

民雄は左右の手首をつかんで引き寄せながら、自分は後ろにそっくりかえった。

「身体を起こして」

久仁子の上体がぐわっと持ちあがってくる。

「やぁああ、怖い！」

「大丈夫だ」

民雄は体重を後ろにかけて、バランスを取りながら、下腹部を突き出した。

「あっ……あっ……」

帯の締められた背中を弓なりに反らせて、久仁子は喜悦の声をあげる。

突くたびに、身体を波打たせ、顔を揺する。

若い頃に数度試したことのある体位だった。まさかこの歳になって、するとは思わなかったが、あの頃よりも強い昂奮がうねりあがってくるのは、なぜだろう？

もっと味わいたかったが、バランスを取って突くのには限界があった。

腕を片方ずつ放すと、久仁子は前に突っ伏していった。

腰だけを高々と持ちあげた姿勢で、がくん、がくんと震えている。

(よほど、気持ち良かったんだな)

久仁子が抱えている性を思いながら、民雄はまた腰をつかう。

すると、そうしろと命じたわけでもないのに、久仁子は左右の手を背中にまわした。

右手で左の手首を握りしめ、まるで、後ろ手にくくられたような仕種をする。

(縛られたいのかもしれない)

民雄は少し考えてから、帯の上部に押し込んであった帯揚げを解いた。

柔らかな縮緬《ちりめん》の布を抜き取ると、それを久仁子の手首に巻きつけて、きゅっと結んだ。ピンクの布が、手首にリボンをあしらったようだ。

「こうされたかったんだね？」

「はい……すみません」

「いや、いいんだ」

民雄は結び目をかるく押さえながら、腰を突き出した。

「ああぁ、ぁああうぅぅ……いいわ。おかしくなる」

久仁子は顔の側面を蒲団に載せた状態で、さしせまった声を放つ。

「そんなに、いいのか？」

「はい……はい……ぁあぁ、死ぬほど気持ちいい」

「よおし、もっとだ」

民雄は帯の上端に手をかけて、引き寄せる。打ち込みの衝撃が逃げないようにして、渾身の力で怒張を叩き込んだ。パチッ、パチンと乾いた打擲音が撥ねた。

「うっ、うっ、うっ……やぁあぁぁぁ」

久仁子は悲鳴に近い声を長く伸ばすと、電源が切れたように動かなくなった。気を遣《や》ったのかもしれない。

民雄が帯を放すと、久仁子は前に崩れ落ちた。

結合部分が外れないように、民雄も追って、覆いかぶさっていく。

うつ伏せの格好で、尻だけを持ちあげた久仁子。

両手を背中でくくられているので、かなりつらい姿勢のはずだ。だが、久仁子は尻をいっぱいに突きあげて、打ち込みをせがんでくる。

その貪欲なほどの女の性に胸打たれ、民雄は力を振り絞る。

腕を突いて上体を起こし、ぐいぐいと屹立をめりこませる。

豊かな臀部が押し返してくる弾力感がこたえられなかった。挿入は浅いが、締めつけは強い。

「あああぁ、ぁあああぁぁ、いい……」

打ち込むたびに、背中でくくられた手の指をジャンケンでもするように開いたり閉じたりしながら、久仁子は身悶えをする。

(まさか、久仁子さんがこんな一面を見せてくれるとは……)

茶道教室での淑やかで落ち着いた久仁子と、手首をくくられて喜悦の声をあげる久仁子が交錯して、脳天が痺れるような昂揚がせりあがってくる。

もう長くはもちそうにもなかった。

民雄はしゃくりあげるようにして、双臀の狭間をえぐりたてた。

「強く、もっと強く。久仁子を目茶苦茶にして」

叫ぶように言って、久仁子は持ちあげた腰を上下に振る。

帯揚げでくくられた手首から先が、赤く変色していた。

「そうら」

腰の波打つような動きに翻弄されながら、民雄も調子を合わせて、屹立を打ちおろしていく。

「はっ、はっ、はぁぁぁ……ああ、イキそう、イッちゃう」

久仁子はいっぱいに尻を持ちあげた。

ぶわわんとした双臀の弾力に、民雄の腰にも甘い喜悦の波が起こる。

「そうら、久仁子さん、イケ。イクんだ」

ぐいっ、ぐいっと打ち込むと、

「落ちる、落ちちゃう……やぁあぁぁぁぁ、はうっ！」

久仁子が首から上を思い切りのけぞらせた。

民雄も今だとばかりに、深いところに打ち込んだ。奥に届かせた瞬間、頭のなかで火花が散った。

動きを止めると、男液がマグマのように噴出していくのがわかる。

久仁子は後ろ手にくくられた着物姿でぶるぶる震えて、迸りを受け止めている。

民雄は、底知れない深みに嵌《は》まっていく自分の姿を思い浮かべた。

打ち尽くすと、衰えた分身が尻の間から押し出された。


久仁子は精根尽き果てたように、ぐったりと蒲団に臥《ふ》せっている。着物と長襦袢がめくれあがり、汗ばんだ尻と太腿が見えている。

民雄は、手を縛ってあった帯揚げを解いてやる。

すると、久仁子は我に返ったように身体を起こし、乱れた裾を直しながら、蒲団に横座りした。

ってている。

「恥ずかしいわ……こんなところをお見せして」

目も合わせられないといった様子でうつむき、帯揚げの痕跡が赤く残る手首をさす
ところどころ着崩れて、情事の跡を残した着物姿が、ひどく色っぽかった。

「いや、恥ずかしいことなんかない。こちらからお礼を言いたいくらいだ」

久仁子はちらっとこちらを見て、はにかんだ。それから、

「このこと、奈々美には絶対に言わないでくださいね」

「ああ、わかっている。さっきそう言ったじゃないか。二人だけの秘密だ」

民雄にとっても、絶対に奈々美には知られてはいけない情事だった。

「汗をかいただろう。先に風呂に入っていらっしゃい」

「いえ、民雄さんから」

「久仁子さんから」

「いえ、お風呂は殿方《とのがた》から入るものですから」

久仁子は譲らなかった。

「わかった。先に使わせてもらうよ」

民雄は立ちあがって、バスルームに向かう。

(自分は大変な間違いを犯してしまったのではないか？)

一瞬そんな思いが脳裏をよぎったが、いまだに下腹部に残っている情事の余韻が、それを押し流した。

第六章　慰めの情交

1

翌日の午前中に、S流の研修から奈々美が帰ってきたが、どうも様子がおかしかった。

「お疲れさまでした。大変だったでしょう？」

久仁子が声をかけても、奈々美は「あ、はい」と、曖昧《あいまい》な答えを返して、

「失礼します。ちょっと疲れていますから」

階段をあがって、自室に入っていく。

何かを思い詰めているような表情が、民雄も気になっていた。

今日は土曜日で茶道教室が二時から四時まで開かれる予定だが、奈々美はずっと部屋にこもったまま出てこない。

心配になったのだろう、久仁子が部屋を訪ねた。ドアをノックして、寝室に入っていく。

民雄もどうにも気になって、ドアに耳をそっと押しあてた。

「どうしたの、何かあった？」

久仁子のいたわるような声がする。

奈々美が何か喋っているようだったが、小声で聞きとれなかった。

「えっ……裕仙さんが？」

久仁子の驚いたような声だけは、耳に飛び込んできた。

それから、二人の会話が途切れ途切れで聞こえてきたが、はっきりと内容はつかめなかった。

そのうちに、奈々美の啜り泣きがドアを通じて、聞こえてきた。

(奈々美さん、泣いているのか？　さっき、裕仙という名前が聞こえた。やはり、裕仙に……！)

居ても立ってもいられなくなり、民雄はドアをノックしていた。

「私だ。入ってもいいか？」

しばらくして、

「どうぞ」

久仁子の声がする。

ドアを開けて部屋に足を踏み入れると、二人はベッドに座っていた。

久仁子が、自分にもたれかかって嗚咽する奈々美の肩を抱きしめている。

「どうした……何があった？」

思わず訊くと、久仁子は「話してもいいわね」と奈々美に承諾を得て、昨夜、本部であったことを告げた。

奈々美は本部の茶室で、石黒裕仙にマンツーマンのレッスンを受けていた。

終わり際に、裕仙は書類を見せるために隣に座った。

内容を読んでいると、裕仙の手が肩にまわった。あっという間に畳に押し倒されていた。

両手を押さえつけて、裕仙は「私の女になれ」と言ったという。「私の女になれば、昇格させてやる。将来は幹部にしてやる」とまで。

だが、奈々美にはそんな気持ちはこれっぽっちもない。

男慣れした女であれば、「わかりました。でも、今日はダメです」などと矛先をかわすこともできたろうが、奈々美にはそんな芸当はできなかった。

「そんなこと、考えたこともありません。お断りします」

と、きっぱり言ってしまった。

それでも、裕仙はのしかかってきた。口を手で押さえてきたので、思わずその指を嚙んでしまった。悶絶する裕仙を横目に見て、和室を出ようとすると、

「潰してやる。お前も、お前の教室も潰してやる」

と、裕仙は怖い顔でにらみつけてきたのだという。

「だから言っただろう。あいつには気をつけろと！」

自分の推測が的中して、民雄はそれ見たことかと、奈々美を責めた。

「はい……お義父《とう》さまのおっしゃるとおりでした。わたしがいけなかったんです。きっと、わたしに隙があったんです」

奈々美が涙に濡れた顔をあげた。

「いや、すまん。奈々美さんのせいじゃない。悪いのはあいつだ。あんたは正しいことをしたんだから、反省などする必要はない」

民雄は自分がいきりたっているのを感じていた。

未遂とはいえ、自分の女を穢《けが》されたような気がしたのだ。裕仙は絶対に許せなかった。地団駄を踏みたくなるような怒りが、体を満たしていた。

その怒りの矛先を、久仁子に向けた。

「久仁子さん、あなた、裕仙は高潔な男だと言ってたじゃないか。久仁子さんの師匠なんだろ？」

「はい……すみません。そんなことをする人だとは思っていなかったものだから」

久仁子も悔しいのだろう、きゅっと唇を噛んだ。

「わたしがいけなかったんだわ。あの人を呼んだのもわたしですし……ごめんね、奈々美」

言われて、奈々美が首を横に振った。

久仁子が眉根を寄せて言った。

「でも、心配だわ。石黒裕仙は奈々美に『潰してやる』と言ったんでしょ？　何かするんじゃないかしら……」

「たとえば、どんな？」

民雄はそう訊かずにはいられなかった。

「わからない。でも、裕仙は次期家元だとウワサされてる人なの。奈々美を潰すくらいわけはないのよ」

「そ、そうか……」

民雄は気持ちが暗くなったが、それを押し隠して、

「口だけで何もしないってこともあるさ。いざとなったら、訴えてやればいい……とにかく、今日の教室はきちんとやることだな。そうだろ、久仁子さん」

同意を求めると、久仁子は大きくうなずいた。

「そうね。奈々美、用意をしましょう。あなたが悪いんじゃないんだから」

「……はい」

奈々美が涙を指で拭って、立ちあがった。

「じゃあ、私はこれで失礼するよ」

寝室を後にして廊下を自室に向かいながら、民雄はいやな予感を拭うことができないでいた。


数週間後、いやな予感が現実になりはじめていた。

教室に集まる生徒が目に見えて減り、二十数名いた生徒が半分ほどになった。おかしいなと思って真理子に訊いたところ、家に裕仙からの封書が届き、そこには「小野奈々美は師範としての資質に欠けるから、他の教室に移るように」というようなことが裕仙の署名とともに書いてあったのだという。

各教室は門下生の名簿を本部に届けることになっているから、それを見て、裕仙がそれぞれに送ったのだろう。

久仁子も責任を感じたのか、裕仙に逢いにいった。

だが、沈んだ表情で帰ってきた。

裕仙はセクハラの件を頑《がん》として認めずに、生徒に書状を送ったのは、自分が直接指導してみて、奈々美に師範の資格はないと判断したからだと主張したという。

「わたし、裕仙さんと逢います。そして、謝ります」

奈々美が提案したが、民雄も久仁子も反対だった。

おそらく裕仙は自分の力を見せつけて、奈々美が謝りにくるのを待っているのだ。そして、許す条件として、奈々美の身体を要求するだろう。

そんなことは絶対にさせるわけにはいかなかった。

だが、生徒は減りつづけて、残っているのは、久仁子の関係者だけになった。

民雄も仕事の合間を縫って、知人に電話をしたり、直接逢って茶道教室に入らないかと勧誘をしたが、なかなか上手くいかなかった。

2

その日、茶道教室に集まったのは、久仁子の門下生の二人だけだった。

三人で夕食を摂った。奈々美は最初沈んだ顔をしていたが、心配をかけまいとしているのだろう、無理やり笑顔を作った。

気丈に振る舞う奈々美を見るにつけ、民雄の胸は痛んだ。

深夜、民雄は寝つかれずに蒲団のなかを輾転としていた。

(どうしたものだろう？　いっそのこと、茶道教室などやめてしまえばいいじゃないか。食っていけないわけではないし……まったく、嫁がこんな苦労をしているのに、啓介のやつはどこで何をしているんだ)

苛立《いらだ》たしい思いで蒲団にくるまっていると、ドアをかるくノックする音がした。

(うん、どっちだろう？)

立ちあがってドアを開けると、奈々美がベージュのネグリジェ姿で立っていた。

民雄は廊下を見渡し、久仁子の姿がないことを確かめて、招き入れる。奈々美はうつむいたまま入ってくる。

座布団を置いて、奈々美を座らせ、自分は蒲団の上に胡座をかいた。

枕元に置かれた行灯《あんどん》タイプのランプシェードの柔らかな明かりに、ネグリジェ姿の奈々美がぼんやりと浮かびあがっている。

自分は、叔母の久仁子とも関係を持ってしまった。そのことで、奈々美を抱くことにためらいがあった。

だが、こうして奈々美の姿を見ると、気持ちが揺らいだ。

奈々美が裕仙を拒んだことで、民雄は自分がいっそう奈々美を大切に思うようになっていることに気づいた。

「お義父さま……わたし、どうしていいのかわからなくて」

奈々美が膝の上で指を擦り合わせた。

「教室のことだな」

「茶道教室を開くなんて、わたしにはもともと無理だったんです」

頼りなげに言う奈々美がいじらしかった。

「そんなことはないよ。上手くいっていたじゃないか」

「……でも……」

「どうにかなるよ。久仁子さんも奔走してくれている……物事そう簡単には上手くはいかない。今は耐える時期だ」

言うと、奈々美は顎を引くようにしてうなずき、膝の上でネグリジェを触る。

おそらく、奈々美もそんなことはわかっている。奈々美は癒されたくて、ここに来たのではないかという気がした。

「奈々美さん、寒いだろう。蒲団に入ろう」

「はい……でも、叔母さまが」

奈々美が隣室のほうをちらっと見た。壁一枚隔てたところで、久仁子が眠っているはずだ。いや、この時間だとまだ起きているかもしれない。

「大丈夫。へんなことはしないよ」

民雄はまず自分で蒲団に入り、掛け蒲団をめくりあげる。

「さあ」

せかすと、奈々美はためらいながらも、民雄の隣に身体をすべりこませてきた。

左手を伸ばして腕枕を誘うと、奈々美は二の腕に頭を載せた。横臥《おうが》して、甘えつくように肩口に顔を寄せてくる。

「ほんとうは、すごくこうしたかったんですよ」

奈々美が自分を見つめているのを、気配で感じる。

「私だって同じだ……だけど、久仁子さんがいるからな」

口にしながら、民雄は自己嫌悪を感じた。

久仁子が邪魔なようなことを言っているが、自分はその久仁子とも関係を持ったのだ。奈々美に隠し事はしたくなかった。だが、久仁子との関係は絶対に知られてはいけないことだった。

「添い寝だけでいいんです。しばらく、こうさせていてください」

奈々美は民雄の首に抱きつくようにして、静かな呼吸を繰り返す。

(添い寝だけでいいだって……ほんとうにそう思っているのか？)

大人の男と女が、しかも身体を合わせた男女が同じ蒲団に寝て、そんなことができるとは思っていないだろう。

とはいえ、奈々美が添い寝で安らぎを得たいと思っていることも事実だと思った。

民雄はしばらくそのまま何もしないでいた。

奈々美の息が首すじにかかる。呼吸とともに乳房が動くのが、感じられる。ミルクのような甘い体臭のなかに、化粧の香りが混ざっている。

穏やかで、幸せな時間だった。

だが、それが長くつづくはずがないこともわかっている。

民雄が体を横にして、向き合うと、奈々美は恥ずかしそうに目を伏せた。

長い睫毛《まつげ》をしているのだな、とあらためて思いながら、背中から腰にかけてのしなやかな曲線に沿って、右手で撫でおろしていく。

「……ダメです、お義父さま」

「大丈夫だ。静かにすれば、わかりはしない」

「でも……」

「奈々美さんだって、こうしたかったんだろ？　そうでなければ、ここには来ないはずだ」

言うと、奈々美は押し黙った。

民雄は右手をおろしていき、尻たぶをさすった。ネグリジェの薄い布が尻の丸みに沿ってすべり動くのが心地好い。

奈々美は、民雄の胸に顔を埋めるようにして洩れそうになる声を押し殺していた。

それでも、尻たぶをさするうちに、

「ああ、はぁあああ、はうぅぅぅ」

と、息を荒くして、民雄の体にしがみついてくる。

(ああ、これだ。私はこれを待っていたんだな)

ネグリジェがまといつく尻が、もどかしそうに揺れはじめた。足が民雄の膝の間に入り込み、ずりずりと擦ってくる。

股間のものが力を漲らせるのを感じて、奈々美の右手を導いてやる。一瞬離れかけた指が思い直したように、ふくらみをなぞりはじめた。

パジャマ越しにでもしなやかな指を感じて、分身はますますいきりたつ。

民雄も右手を伸ばして、ネグリジェの裾をまくりあげた。太腿の奥へと手を伸ばし、パンティの上端から手をこじ入れると、ミンクのように柔らかな繊毛の流れ込むあたりに湿地帯が息づいていた。

「奈々美さん、直接触ってくれないか」

柔肉をさすりながら言う。奈々美はパジャマのズボンとブリーフの上端から手をなかへとすべりこませてくる。指はすでに温かかった。

二人は向かい合い、互いの手を交差させて、互いの秘部をまさぐりあった。

奈々美はブリーフのなかで手を順手から逆手に持ちかえ、柔らかく擦ってくる。包皮がカリを包みながらすべる感触がこたえられない。

湧きあがる愉悦に身を任せつつ、女の柔肉を指でなぞる。湿っていた程度だった花芯が潤みを増し、肉びらがひろがって内部がぬるっ、ぬるっと指にまとわりついてくる。

「はぁあああぁ、はあぁ、はああぁぁ……ぅううん」

胸に顔を埋める奈々美の熱い息を感じる。

奈々美は腰を後ろに引いたり、前にせりだしたり、時には横揺れさせせながらも、懸命に勃起をしごいてくる。こらえきれなくなった。

「しゃぶってくれないか？」

言って仰向けになると、奈々美は蒲団のなかに潜り込んでいった。パジャマとブリーフが引きおろされて、足先から抜き取られる。

すぐに、なめらかな舌が分身にからんだと思ったら、頬張られていた。

ふくらんだ掛け蒲団が、顔の上下動とともに揺れている。

民雄はその性急なフェラチオに、奈々美も抱かれたいのを我慢してきたのだとあらためて思った。

うねりあがる愉悦に身を任せながらも、奈々美が咥えているところを見たくなり、蒲団を剥いだ。

奈々美は頬張ったまま、ちらっと上目遣いに民雄を見た。

長いウエーブヘアが乱れかかる顔が、行灯風ランプシェードのムーディな明かりに浮かびあがり、ドキッとするほどに色っぽい。

民雄は自分でも、奈々美のあそこを舌でかわいがりたくなって、言った。

「お尻をこっちに向けて……咥えたまま、またぐんだよ」

奈々美は言いつけを守って、肉棹を頬張った状態で身体の向きを変えて、またがってくる。

ネグリジェをまくりあげると、白っぽいパンティに包まれた尻が柔らかな明かりに照らし出された。丸々とした尻はランプの光を映じて、十五夜の月のようだ。

左右のすべすべした球体を慈しむように撫でまわした。

「あおうぅぅぅ……」

奈々美は腰を揺らしながらも、分身を懸命に頬張っている。

民雄は悪戯したくなって、尻に食い込むパンティをつかんで、きゅっと引っ張りあげた。

基底部が細くなって、その周囲から肉土手とまばらな繊毛がはみだした。

かるく左右に揺さぶると、ねち、ねちっといやらしい粘着音がして、尻がくねり動く。

「ああ、お義父さま、やめてください……恥ずかしいわ」

顔をあげた奈々美は、手を尻の後ろにまわして、恥部を隠そうとする。

「いいから、つづけなさい」

かるく尻を叩くと、奈々美はふたたび肉棹を頬張る。

ゆるやかな愉悦に酔いながら、民雄はパンティの基底部を横にずらした。

解き放たれた女の苑は、すでに花びらがめくれあがり、鮭紅色にぬめる内部がのぞいている。

民雄はパンティをずらした状態で、肉びらをひろげた。

「あおぅぅぅぅぅぅ……」

くぐもった呻きとともに、尻が逃げる。

元の位置に戻して、もう一度陰唇を開いた。ランプシェードの明かりを浴びた内部は、どんな画家でも出せないような鮮烈なサーモンピンクで、にじみだした淫蜜がぬらぬらと光っていた。

（たまらない色をしている！）

民雄は誘蛾灯に引き寄せられる蛾のように、舌を伸ばしていた。

ぬるっと舐めあげると、ビクッと尻が震えた。

あふれだした蜜をすくいとるように、幾度も舐めあげ、舐めおろす。乳酸菌飲料のような甘酸っぱい味覚が舌を刺激する。

「あおうぅぅ……くうぅぅぅぅ」

奈々美は口のピストン運動をやめて、頬張ったまま、尻をびくびく震わせる。

複雑に入り組んだバラの花弁のような肉襞の上方に小さな開口部があった。そこに舌を押しつけて、できるだけ潜り込ませる。

それから、狙いをクリトリスに移す。下方の肉びらをひろげると、小さな赤い芽がさらに突出してきた。

こんな小さな器官が女の最も敏感な性感帯だというのが、不思議でならない。

(奈々美さんは、ソフトにされるのが感じるんだったな)

周囲から円を描くように舐めていき、徐々に円を狭めていく。

触れるか触れないか微妙なところで舌をまわすと、奈々美の腰が揺れはじめた。下腹部を前後に振ったり、左右に揺らしたりして、性感の昂ぶりをあらわにする。

今度は、舌で弾いてみた。

赤くぬめる突起を上下に撥ね、舌を横揺れさせてレロレロと刺激する。

「ああぁぁぁ、お義父さま、ダメっ」

肉棹を吐き出して、奈々美が喘いだ。

やはり、ここが一番の性感帯なのだ。民雄は顔を埋め込んで、肉芽を強く吸った。

「あああぁぁぁぁ……くうぅぅぅぅ」

背中をしならせて、さしせまった声をあげる奈々美。

吸ったり、弾いたりを繰り返すと、尻から太腿にかけてがぶるぶると震えはじめた。

「奈々美さん、お前と繋がりたい。いいね？」

顔を離して訊くと、

「はい……お義父さまと一緒になりたい」

そう言って、奈々美は肉棹をぎゅっと握りしめた。

3

奈々美を仰向けに寝かせると、民雄は白のパンティを抜き取った。それから、足を持ちあげるようにして、猛りたつものをとば口に押しあてる。

そのまま前に体重をかけると、分身が奈々美の体内にめりこんでいった。

「うあっ……」

ネグリジェ姿の奈々美は衝撃を受け止めて、低く呻いた。

温かくぬめる女の筒が、民雄の分身を包み込んでくる。

（ああ、私は奈々美さんがほんとうに好きなんだな）

民雄は心の底からそう感じた。

真理子、久仁子と素晴らしい女性を抱くという幸運に恵まれた。二人ともいい身体をしていた。床上手でもあった。

だが、こうして奈々美のなかに押し入ると、目眩《めくるめ》くような至福を感じる。それは肉体的なものというより、心の底からうねりあがるような愛情の発露だった。

持ちあがって開いた足を左右から腕で押さえつけるようにして、手を床に突き、前のめりになって腰をつかった。

いきりたつものが、ずぶっ、ずぶっと奈々美の体内をうがつ。

女の体内深く、シンボルを打ち込んでいく感覚がこたえられなかった。

「うっ……うっ……」

両腕を顔の左右に置いた赤子のポーズで、奈々美は低く呻き、顎をせりあげる。

柔らかくウエーブした黒髪をシーツに扇形に散らせ、突くたびに鋭くのけぞる。

奈々美は癒しを求めてきたのだから、やさしいセックスをしようと思っていた。

だが、本能がそれを許さなかった。

愛する女をもっとよがらせたい。奥まで貫いて、自分は強い雄であることを刻み込みたい。自分が奈々美の支配者であることを思い知らせたい。

人生も半ばを過ぎているというのに、そう感じる自分がいる。

民雄は徐々にストロークのピッチをあげていく。全身をつかって大きく腰を往復させて、力の限り打ち込んだ。

「あっ……あっ……ぁあぁぁぁ……いやっ、うぐぐ」

一瞬、喘ぎを長く伸ばして、奈々美は自分の声に驚いたように右手を口に持っていった。

隣室が気になっているのだろう。壁一枚隔てたところには、久仁子が寝ているのだ。

民雄としても、久仁子には知られたくない。

いったん打ち込みをゆるめ、足を離して、奈々美に重なっていく。

ネグリジェの襟元から手をすべらせて、乳房をつかんだ。

ノーブラの乳房はすでに汗ばみ、きめ細かい肌が指にしっとりとまといついてくる。

ちょうどいい大きさの乳房は揉めば揉むほど形を変える。

見なくてもそれとわかるしこった乳首をこねまわすと、奈々美は「ぁああぁぁ」と抑えきれない声を洩らした。

民雄は片手で乳房を揉みしだきながら、ゆるやかに腰をつかう。

腰をまわして、分身で膣壁を満遍なく攪拌する。

奈々美は足をM字に開いて受け入れながら、

「あああぁぁ、それ、いいっ！」

思わず声をあげ、すぐに指を嚙んで声を押し殺す。

民雄は乳房から手を離して、腕立て伏せの格好になり、たん、たん、たんとつづけざまに腰を躍らせた。

「ううぅぅぅ……」

奈々美は手の甲を口に押し当てて、声をこらえていたが、やがて、その手をシーツに落とし、ぎゅっと握りしめた。

民雄が連続してジャブを放つと、

「あっ、あっ、あっ……」

甲高《かんだか》い声をスタッカートさせる。

民雄も隣室が気になって、あわてて手を奈々美の口に持っていって、喘ぎを抑え込んだ。しばらくして、離すと、

「ゴメンなさい、お義父さま。どうしても声が……ゴメンなさい」

奈々美が下から、哀切な表情で見あげてくる。

「困ったな」

何か口に詰めるものはないかと見渡した民雄の目に、先ほど脱がせた奈々美の白いパンティが留まった。

下半身で繫がったまま、民雄は丸まっている白い布をつかんだ。

「これを口に詰めたいんだが……ダメか？」

奈々美は少し考えていたが、やがて、小さくうなずいた。

シルクタッチの光沢感あふれるパンティを丸めて近づけると、奈々美が口をいっぱいに開けた。

少しずつ押し込むと、奈々美は眉根を寄せながらも受け入れていく。

入りきらないパンティが窄められた唇の間から、はみだしている。

「悪いな。隣に聞こえなくするためだ。我慢してくれ」

奈々美がうなずいたので、民雄も気が楽になった。

同時に、奈々美への強い愛情がうねりあがってきた。

「お前が好きだ。お前を自分の妻のように感じるよ」

思わず口にすると、奈々美は唇から白い布をはみださせたまま、小さくうなずいてみせる。

(何と言いたかったんだろう……わたしもそうですと言いたかったんだろうか？)

そうであってほしいと思いながら、民雄はまた腰をつかいはじめる。

しばらく腕立て伏せの格好で突いてから、上体を起こした。足を閉じさせておいて、横に倒した。

奈々美の身体が横を向き、腰からほぼ直角に折れ曲がる。

民雄は、奈々美の足の間に膝を入れ込んで、交差させる。その状態で後ろに反るようにすると、分身が深いところに嵌まっていくのがわかる。

「ぅうぅぁぁ……」

奈々美がくぐもった声を押し出した。

「奥まで、届いているだろう？」

訊くと、奈々美は苦しげに眉を折り曲げて、何度もうなずいた。

「そうら……」

民雄はそっくりかえるようにしながら、腰を進めた。

屹立が、奈々美の体内深くえぐっていくのがわかる。シンボルがすっぽりと埋まり込み、切っ先が奥のほうにある何かを突いている。

「うっ……うっ、ぅうぅぅぅぅ」

自らの下着で塞き止められた喘ぎをくぐもらせて、奈々美は身悶えし、シーツを持ちあがるほど握りしめた。

「気持ちいいか？」

奈々美は大きく顔を縦に振って、顎をくくっとのけぞらせる。

横を向いた身体が、激しい打ち込みに翻弄されるようにねじれ、波打ち、痙攣する。

二人の下半身は直角に交わっている。障害物がないせいか、分身が余すところなく膣肉に嵌まり込み、全体が包まれている感触が心地好い。

(私は今、奈々美を支配し、とことんよがらせている)

フィニッシュしたくなって、足の間から膝を抜いた。

結合したまま、ふたたび奈々美に正面を向かせ、今度は膝をつかんで開かせる。自分は上体を立てて、M字にひろげた足を押さえつけながら、速いリズムで浅瀬を突いた。

「くうぅぅぅ……あおうぅぅぅ」

パンティを詰め込まれた口から、感極まったような呻きを洩らして、奈々美は顔を右に左に振りたくる。

そうしながらも、両手で民雄の膝をつかんで、もっと深いところにと言わんばかりに、引き寄せている。

民雄がワルツのリズムで強弱つけて打ち込むと、それに合わせて呻きながら、奈々美はうっとりと眉根をひろげた。

膣の上側のGスポットを擦りあげられて、気持ちがいいのだろう。膣がびくびくと締まって、分身を追い込もうとする。

そのとき、奈々美が下から両手を差し伸べるようにした。

「抱いてほしいんだな？」

訊くと、奈々美は大きくうなずいた。そして、哀願するような目で「抱きしめて」と訴えてくる。

民雄は膝を放して、覆いかぶさった。

右手を肩口から首の後ろにまわし込んで、奈々美をがしっと抱き寄せた。動けないようにして、腰を叩きつけた。

丹田に力を込めて、分身をピンコ勃《だ》ちにさせる。反りかえった硬直で、膣壁をずりずりとなぞりあげた。

すると、天井に生じた大粒のざらつきに亀頭が擦られて、得も言われぬ快感がふくらんできた。

「ううっ、奈々美、出そうだ」

言いながら、さらに腰を躍らせた。

「うううぅぅ、くぅぅぅぅ……うぐぐ」

奈々美は何か言いたげに呻いて、目でうなずいた。

(来て、来て……)

そう言われているような気がして、民雄も一気呵成《いっきかせい》に打ち込んでいく。

「おおぅぅ、イクぞ。出すぞ」

奈々美が目で、「ください」と訴えている。

民雄は最後の一線を越えるために、押しつけるようなストロークから叩きつける打ち込みに変えた。ぱすっ、ぱすっと大きく腰を振ってえぐりこむと、

「くぅぅぅぅ……あおおぅぅぅぅぅぅ……うっ！」

奈々美が顎を突きあげて、最後に息絶えるように呻いた。

（イッたんだな！）

民雄も自分が射精するために、最後の力を振り絞った。上昇気流を逃さないようにカリで膣肉を擦りあげる。

熱いマグマが駆けあがってきた。

（このまま、なかに！）

奈々美の体内に男のエキスを放出したかった。そのことで、二人はひとつになれるのだ。

（いや、ダメだ……！）

それが喫水線を越える寸前に、民雄はかろうじて硬直を引き抜いた。

抜いた直後に、精液が水鉄砲のように迸り、奈々美のネグリジェに飛び散った。

目眩く放出を終えて、民雄は、奈々美の口に詰まっていたパンティをつまみだしてやる。

口呼吸ができなくて苦しかったのだろう、奈々美ははあはあと肩で息をする。

「悪かったな。つらかっただろう」

髪を撫でてやると、奈々美は首を左右に振った。それから、絶頂の余韻にふけるかのように目を閉じる。

(私は、息子の嫁に心の底から惚れてしまったかもしれない)

それが決して許されない愛であることはわかっている。だが、頭でわかっていても、どうにもならないことが世の中にはある。

民雄は複雑な思いにとらわれながら、奈々美の顔を慈しむようになぞりつづけた。

第七章　美少女散らし

1

奈々美との深い絆《きずな》を確認した民雄だったが、茶道教室のほうはじり貧で、存続も危ぶまれる状態に陥っていた。

久仁子も責任を感じてか、生徒集めに奔走していたが、裕仙の力はこちらの想像以上のものがあり、久仁子も自分の門下生をまわすのが精一杯の様子だった。

この前は、奈々美が久仁子に「これ以上、叔母さまに迷惑をかけられないし、教室を閉めようと思います」とこぼしているのを耳にした。

久仁子は「もう少し頑張りましょ」と、奈々美を懸命に励ましていたが、このままでは教室を閉鎖せざるをえなくなるのは、目に見えていた。

日曜日の午後に行われた茶道教室も、生徒の集まりは悪かった。

いつものように二階から眺めていると、和服を着た若い女がきょろきょろしながらアプローチを歩いてくるのが見えた。

初めて見る生徒だった。若かった。二十歳そこそこだろう。顎のラインに沿って切り揃えられたボブヘアが人形のようにととのった顔を包んでいた。

（誰だろう……？）

生徒を増やすために、体験入会のようなことを始めていたから、そのうちのひとりかもしれない。

結局、その日は三人しか生徒は来なかった。

どうにも気になって、民雄は階下へ降りていき、教室の様子を見守った。

驚いたのは、あのボブヘアの若い女が見事な所作を見せることだ。

ピンクの地に草花模様の散った若い女しか似合わない着物を身につけていたが、その着こなしも違和感がなかった。

お茶を啜る仕種も洗練されていて、まったく余分な動作がない。久仁子の門下生である他の二人も慣れているはずだったが、その二人が素人に映るほどに落ち着きはらっている。

（誰だろう、あの女？）

正体を知りたいという思いは、ますます強くなった。

休憩時間に和室を出てきた久仁子に、それとなく訊いてみた。だが、久仁子も名前と年齢以外はわからないらしい。

名前は橋田美羽《はしだみう》で、女子大に通う二十一歳だという。

「体験したいと言うので呼んだんだけど、すごいわ、あの子。こちらが教えることなんか、ひとつもないくらい……あっ、失礼しますね」

久仁子は通りかかった奈々美に声をかけて、打ち合わせを始めた。

(そうか、そんなにすごいんじゃや、この教室は物足りないかもしれない。ということは、入会はしないんだろう)

民雄は肩を落として、二階へとつづく階段をあがっていく。

会計士の仕事が一段落したので、庭に出て、外の空気を吸っていると、生徒たちが出てきた。教室が終わったのだ。

あの美羽という女の子が、最後にひとりで出てきた。

目が合ったので、かるく頭をさげてみたが、美羽はつんとして挨拶もしない。

礼儀を知らない若者だなと思っていると、美羽はアプローチの脇に咲いているブルーのアイリスの花を見て、しゃがみこんだ。

(ほう、花には興味があるんだな)

後ろ姿を眺めていると、美羽は手を伸ばして、アイリスの花を茎のところから千切った。

(うん？　何てことをするんだ)

アイリスの花は球根を植えておけば自然に咲くので、大して手はかからない。だから言って、美しく咲いている花を手折《たお》っていいわけがない。

眉をひそめていると、美羽は花の匂いを嗅いだ。歩きだしたと思ったら、一輪の花を苦もなく捨てた。

温厚な民雄だが、さすがにこれは許してはおけなかった。

「ちょっと、きみ！」

近づいていくと、美羽がこちらを振り返った。

「何ですか？」

「何ですかって……今、アイリスを折って、捨てただろう」

「ああ、これ、アイリスって言うんですか？」

美羽が平然と言ったので、ますます頭に血が昇った。

せっかく来てくれた生徒を家の者が怒鳴ったりしたら、二度と来てはくれなくなる。それを考えると、感情を抑えるべきだった。だが、どうしても許せなかった。

「きみは、花が可哀相だとは思わないのか？」

「……きれいだと思ったから、持ち帰ろうと思ったのよ。でも、香りが気に入らなかったから。……では、さようなら」

美羽が踵《きびす》を返したので、民雄は肩をつかんで引き戻した。

「何をするの！」

美羽がにらみつけてきた。勝気そうな大きな瞳に怒りが宿っていた。

「済んでしまったことは仕方ない。謝りなさい。この花に」

「いやだわ。どうして、花なんかに謝らなきゃいけないのよ。オジサン、へんじゃないの」

「……たしか、茶道って、四季の花々を愛《め》でるものなんじゃないのか。きみはずいぶんと慣れているようだけど、そんな考えでは、茶道をする資格がないな」

売り言葉に買い言葉で、民雄もついつい厳しいことを口にしていた。

すると、美羽の口許《くちもと》に嘲《あざけ》るような笑みが浮かんだ。

「オジさん、わたしを誰だと思っているの？」

「誰って……きみはどこかのお嬢様かもしれないが、そんなことは、花にしてみれば関係ないさ。いいから、謝りなさい」

「いやだわ」

「きみは傲慢《ごうまん》すぎる。甘やかされて、ちやほやされて育てられたんだろう……」

民雄がさらに言い募ろうとしたとき、騒ぎを聞きつけて、久仁子が駆けつけてきた。

「何があったのかわかりませんが、こちらの無礼を謝ります」

久仁子は、美羽に頭をさげてから、

「民雄さん、いいから、謝って。こちらは生徒さんなんですよ」

詰め寄ってくる。民雄もこれ以上問題を大きくするのはよくないと考えて、納得はいかないが、

「悪かったね」

と頭をさげた。

すると、美羽は何も言わずに踵を返して、アプローチを門に向かって歩きだした。

(やってしまったな。これで、もう彼女は完全に来ないだろう)

民雄は大切な生徒に年甲斐もなく怒りを爆発させたことを、後悔した。気位《きぐらい》が高そうなお嬢様のプライドをいたく傷つけてしまったのだから。

だが、翌週の日曜日、奇跡が起こった。美羽がふたたび教室に姿を現したのだ。

(来た!)

今日はベージュのおとなしい感じの和服だったが、その清楚な着物がかえって美羽の美貌を引き立てていた。

教室が終わったとき、久仁子が部屋に民雄を呼びにきた。美羽が逢いたがっているという。

（何だろう？）

階下へと急ぎ、玄関を出たところで、美羽が佇んでいた。中肉中背で立ち姿が凜としている。うなじのところで切り揃えられたボブヘアが烏《からす》の濡れ羽色のような光沢を放っていた。

「この前は悪かったね。花が好きだから、ついつい……」

先に声をかけると、

「いいんです。こちらこそ申し訳ありませんでした」

ぺこりと頭をさげた。

この前とは打って変わって礼儀正しい態度に、とまどっていると、

「突然で驚かれるでしょうが、ちょっと、ご相談したいことがあるんです。近いうちに、二人で逢ってもらえませんか？」

美羽が上目遣いに見あげてくる。涙堂の大きな、つぶらな瞳にたじろぎながら、民雄は訊いていた。

「相談って？」

「……お逢いしたときに、話します」

「今でもいいんだけど……」

「すみません。今日はちょっと用があるので」

素性もはっきりしない相手である。いきなり相談というのも、変な話だ。

だが、うちの教室に入会してくれるかもしれない生徒だ。それに、何といっても人形のようにかわいい容姿をしている。

相談に乗るくらいはいいだろうと判断して、

「わかった。で、きみはいつが空いているの？」

「わたしは大学に通っていますけど、基本的にいつも大丈夫です。講義なんかサボればいいんですから。そちらに合わせます」

「じゃあ……」

と、三日後の午後二時から、ここで逢うことにする。その日は、奈々美と久仁子が茶会に出て、家を留守にしているはずだった。

「わかりました。うかがいます。あっ、それから、わたし、美羽って言うんです。これからは、名前を呼んでください」

「そ、そう……美羽さんだね。わかった」

「それでは……」

美羽はかるくお辞儀をして、アプローチの石畳を歩いていく。

着物の裾から白足袋と草履《ぞうり》をのぞかせて、しゃなりしゃなりと歩を進める。

民雄は頭のなかを整理できないまま、美羽の後ろ姿が消えるのを見守っていた。

2

水曜日の午後、民雄は作務衣《さむえ》を着て、二階の仕事部屋から庭を眺めていた。

(美羽さん、ほんとうに来るんだろうか?)

あのときはついつい逢うのを承諾してしまったが、どうも納得がいかない。

(だいたい、私が叱り飛ばした相手だぞ。嫌われてしかるべきなのに、ころっと態度を変えた。いったいどうなっているんだ?)

考えれば考えるほど、わけがわからない。

初夏の花々が咲く庭をぼんやりと眺めていると、外で車が停まる音がした。

すぐに車が発車するエンジン音が響き、門の木戸を開けて、美羽が姿を現した。

日差しよけの鍔広《つばひろ》の帽子をかぶった美羽は、眩《まぶ》しいほどの純白のワンピースを着ていた。膝丈の裾からきれいな足が伸びている。

(なるほど、正真正銘のお嬢さまなんだな)

高貴ささえただよう姿に見とれていると、アプローチを歩いてきた美羽が、民雄に気づいたのか、二階の窓に目線をあげて微笑んだ。

穏やかな天使のような笑顔だった。とても、アイリスを手折って捨て、注意すると逆ギレしてきた高慢なお嬢さまだとは思えなかった。

民雄は階下に降りていって、美羽を出迎えた。

リビングにあげて、冷えた麦茶を出すと、

「いただきます」

美羽はコップの底に手を添えて、傾けた。こくっと喉が動く。

民雄は一人掛けのソファに腰をおろして、

「早速だけど、用は何？」

すると、美羽は答えをはぐらかすようにして、家族構成について訊いてきた。

おかしなことを訊くのだなと思いながらも、女房はすでに亡くなり、奈々美は息子の嫁で、久仁子はその叔母。息子については困ったが、単身赴任で今、家にはいないことにした。

「お若い奈々美さんを、叔母さんが助けてるってことですね」

「ああ、まあ、そうだな」

「わたし、とてもいいコンビだと思いました。奈々美さんは一生懸命で、叔母さんはやさしくフォローなさってるし……そのわりには、生徒が少ないようなんですが、何か原因があるんですか？」

なぜ、美羽がそこまで訊ねてくるか不思議だった。

「美羽さんは、どうしてそこまで興味があるの？」

「……この教室に入ろうかなって思っているから。疑問は今のうちに解消しておいたほうがいいでしょ？」

「まあ、そうだが……」

事情を打ち明けられればいいのだが、裕仙のことを口に出すのは憚られた。

「教えていただけませんか」

「いや、しかしな……込み入った事情だから、きみに話しても……」

口ごもっていると、美羽が思わぬことを言った。

「わたしに話さないと、後悔することになるかもしれませんよ」

「えっ……どういうこと？」

「奈々美さんのことを思っていらっしゃるなら、その事情を話してください」

「きみは、いったい……」

「話してください」

真っ直《ま》《す》ぐに瞳のなかを覗き込まれると、気持ちが動いた。良家の令嬢だからだろうか、美羽には逆らいがたいものを感じる。それに、もし美羽が生徒になったら、裕仙から書状が届くだろうから、今のうちに事情を知ってもらっておいたほうがいいかもしれない。

「絶対に口外しないでくれるね？」

「はい……」

「じつは……」

民雄は、奈々美が本部の研修でセクハラにあって、それを拒否したところ、相手から迫害を受けているのだという話をかい摘《つま》んで話した。

「ひどい話だわ。最低のやつ……で、その男の名前を教えてくれませんか？」

「いや、そんなこと、きみに言っても」

「いいから、教えてください」

美羽の口調には、有無を言わせぬものがあった。

民雄が、石黒裕仙の名前を出すと、美羽の表情が動いたような気がした。

「ひとつ訊いていいかな？　美羽さんはいったい何者なの？　ただの女子大生には見えないんだが」

「……わたしは二十一歳のただの女子大生ですよ。多少茶道ができるのは、小さいころに経験があるから。それだけですよ」

そう言って、美羽は微笑んだ。

「できるなら、この教室をつづけてもらえないだろうか？　このとおりだ」

民雄は頭を深々とさげた。

「わかりました。大丈夫ですよ、つづけるから」

美羽が言ったので、民雄はほっと胸を撫でおろした。

「……で、私に相談とは、今のこと？」

美羽は立ちあがって、

「オジさま、会計士をなさっているって、久仁子さんからお聞きしました。失礼ですが、仕事場を見せていただけませんか？」

「……いや、見せるべきものではないよ。顧客でもないし」

「お願いします。そこで、お話ししますから」

そう言われれば、民雄も拒めなかった。見せて困る物が置いてあるわけではない。

「わかった。ついておいで」

リビングを出て階段をあがり、二階の廊下に出て、仕事部屋に案内した。

広めの洋室で、デスクには業務用のパソコンが乗り、周囲の棚はびっしりと書類で埋まっている。壁際には仮眠用のソファベッドが置いてあった。

自分はデスクの前の椅子に座り、美羽にソファベッドを勧めた。

「で、相談とは？」

訊くと、部屋を物珍しそうに眺めていた美羽が、急に真顔になった。

「わたし、この前、オジさまに怒られましたよね」

「あ、ああ。悪かったね。どうしても、許せなかったものだから」

「……わたし、あんなふうに怒られたの、生まれて初めてだった」

美羽がきゅっと口を結んだ。

「どんなに悪いことしても、我儘《わがまま》しても、周りは困った顔をするだけで、怒ってくれなかった。だから、あの瞬間、すごくムカついたけど、でも、後で気持ちがすっきりした。わたしには、これが必要だったんだって……」

美羽は立ちあがって、近づいてきた。

椅子に腰かけている民雄の背後にまわって、両手を胸のほうにまわす。

「オジさま、時々、美羽を怒ってくれませんか？」

（えっ……？）

作務衣の胸元に置かれた左右の手が、ぎゅっと繋がれた。

「………」

民雄が返事に窮していると、美羽が思わぬことを耳元で囁いた。

「美羽を抱いてください」

「……！　まだ二十を過ぎたばかりのお嬢さんが、そんなことを言ってはダメじゃないか」

思わず叱責すると、美羽が微笑んだ。

「ふふっ、それ、それ……美羽って、すごくエッチなのよ。何も知らないお嬢さまなんかじゃない。男だって知ってるの。こんなこともできるわ」

美羽は正面にまわって、民雄の前にしゃがんだ。

作務衣の股間に顔を寄せてくるので、民雄は思わず撥ねのけていた。

「やめなさい！　きみのような人がすることじゃないだろ」

誘惑を断ち切って、立ちあがった。部屋を出ようとすると、美羽の声がした。

「お願い。美羽を抱いて。お願いです」

美羽はカーペットの上に座って、民雄を涙目で見あげてくる。

心が動いた。歩み寄って、しゃがみ、美羽の肩に手を置いた。

「オジさまに抱かれたい。一度でいいの。お願い、美羽を叱りながら抱いてくださ い」

「後で、なんであんなことしたんだろうって、後悔することになるぞ」

「いいえ、絶対に後悔しない。ここで抱かれずに帰ったほうが、きっと後悔する」

民雄はちらっと置き時計を見た。まだ三時前。二人が帰宅するのは夕方だから、時間はある。だが、いくら相手に頼まれたとはいえ、こんなお嬢さまを抱いていいものだろうか？

迷っていると、美羽が言った。

「抱いてくれないと、教室のほうは辞めます。いいのね」

「いや、それは困る」

「だったら、抱いて。お願い」

お嬢さまがプライドを打ち捨てて懇願しているのだ。それに、教室を辞められては実際困る。民雄は心を決めた。

「わかった。でも、このことは内緒だよ」

美羽がうなずいたので、民雄は美羽を立たせて、後ろにまわった。

白の半袖ワンピースの背中にファスナーが走っている。指をかけてゆっくりと降ろしていくと、美羽が震えはじめた。

「大丈夫か？」

「はい……わたし、するのはひさしぶりだから、震えてるだけ」

ほんとうだろうか？　疑問が浮かんだが、美羽を信じるしかなかった。

ファスナーが降りるにつれて背中がのぞき、白のブラジャーのストラップが横に走っているのが見えた。

色白の染みひとつないすべすべの肌をしている。

(やはり、お嬢さま育ちだな)

ファスナーを降ろし切り、肩から脱がせていく。

白いワンピースが床に落ちると、美羽は両手で胸を隠して、背中を丸めた。白の刺しゅう付きパンティが、ぷりぷりっとした尻を三角に包んでいる。

美羽は叱りながら抱いてほしいと言っていたから、男らしい態度を取ったほうがいいだろうと思い、

「こちらを向きなさい」

肩に手を置いて、振り向かせた。

正面を見せる美羽は、恥ずかしそうにブラジャーのふくらみを両手を交差させて覆い、うつむいている。

「その手を外して」

言うと、美羽は左右に首を振った。さらさらのボブヘアを揺らすその姿からは、アイリスの花を手折ったときの勝気さは微塵《みじん》も感じられなかった。

「美羽さんは私の言うことが聞けないのか？　えっ、どうなんだ？」

問い詰めると、ややあって美羽は手を胸から外した。

控え目な胸だった。左右の乳房の間が少し空いている。

「小さいでしょ？」

「いや、胸は大きさじゃない。ブラジャーを取るよ」

民雄は背中に手をまわして、少し浮かすようにホックを外し、白のブラジャーを肩

から抜き取った。

「いやっ……」

美羽が乳房を手で隠した。その手をつかんで、開かせる。

中学生レベルのふくらみだったが、色づくトップがしゃくれあがっていて、洋梨のような形が男をそそった。

「乳首、きれいなピンク色じゃないか」

そう言って、ふくらみを手のひらで包み込んだ。

「あっ……！」

ビクッと震えて、美羽は胸を引いた。

可哀相なほどに柔らかな乳房を揉みながら、頂上の突起をつまんでこねまわした。

「うっ……くくっ……」

美羽は唇を嚙みしめて、うつむいた。何かに耐えているように、くぐもった声を洩らす。

そんな仕種が初々しかった。美羽は自分がエッチで男も知っているというようなことを言っていたが、それは嘘なのではないかと思った。

民雄は腰を屈め、顔を傾けて、片方の乳首に吸いついた。小さな突起を舐め転がしながら、もう一方の乳房をすくいあげるように揉みしだく。

手のひらのなかにおさまってしまうふくらみが、いたいけだった。


「うううぅぅ……ぅううぅぅ……ああ、オジさま、ダメっ」

突き放そうとする美羽の腰に手をまわして、ぐいと抱き寄せると、柔軟な肢体がしなった。

右、左と交互に乳首を舌で愛撫すると、美羽はがくん、がくんと身体を震わせはじめた。

民雄はソファベッドに美羽をそっと寝かせた。

美羽は胸を手で覆い、片膝を立ててよじり、パンティの股間を隠している。

カーテンは開いたままだ。窓からの午後の陽光が、美羽の裸身に降り注いでいる。

上半身は華奢だったが、下半身はすでに女の形をしていて、美羽が二十一歳の大人なのだということを知らせてくる。

若い肌は初夏の陽光に照らしだされて、きめ細かいなめらかな艶を見せ、ところどころに生えた産毛が金色に光っていた。

民雄は作務衣のズボンをブリーフとともにおろすと、美羽の隣に身体を横たえた。

覆いかぶさるようにして、手を胸から外させ、あらわな乳房を揉みながら、頂にキスをする。そのたびに、美羽はビクッ、ビクッと肢体を痙攣させる。

もしかしてと思って、訊いた。

「ひょっとして、きみはまだバージンなんじゃないか？」

「……違うわ。お、男は二人知ってる」

そう答える美羽の瞳が、視線から逃れるように左右に動いた。

「これはとても大切なことなんだ。どうかによって、こちらも違ってくる。教えてくれないか？　正直に言いなさい」

瞳のなかを覗き込むと、

「……ゴメンなさい。嘘をついていました」

「やはり、バージンなんだね？」

美羽は小さくうなずいて、唇をぎゅっと嚙みしめた。それから、

「わたし、決めたんです。バージンはあなたに捧げようと。わたしを怒ってくれた男性にあげようと」

言って、下から真っ直ぐに見あげてきた。

黒目勝ちの瞳には、言い出したら聞かない勝気さが宿っていた。

3

民雄はこれまで一度だけバージンを奪ったことがある。亡くなった妻だった。

もっともそのときは、妻は自分が初めてだということを明かさなかったので、知ったのは終わった後だった。

あらかじめわかっていてバージンをいただくのは、これが初めてということになる。女にしてみても、初回はとても重要だろう。肩にのしかかってくるプレッシャーのなかで、民雄はやさしくしなければと思った。

「キスをしてもいいか？」

訊くと、美羽はためらいながらもうなずいた。

「キスは初めて？」

「いいえ。一度だけしたことがあります」

「そう……やさしくするから、大丈夫だよ」

民雄が顔を寄せると、美羽がぎゅっと目をつむった。喘ぐように開いた唇から甘い息が洩れて、果実のような匂いがわずかに感じられる。

ついばむように、かるく唇を押しつける。それだけで、美羽の唇のこの世のものとは思えない柔らかさが伝わってきた。

右に左に角度を変えて、唇を押しつけた。それから、唇を挟みつけるようにして、かるく舐めてみる。

「うっ……」

ビクッと震えて、美羽は一瞬、顔をそむけた。

正面を向かせて、今度は唇の狭間を舌で突くようにする。わずかにほどけた唇の間に舌を押し込もうとするのだが、美羽は頑なに歯をくいしばっている。

ならばと、民雄は右手で胸のふくらみをつかんだ。

手のひらにちょうどおさまるほどの可憐な乳房を揉みしだき、頂上の突起を指でこねまわした。

「ううんん……やっ、ぁああぁぁぁ」

喘ぎとともに、唇がほつれた。

舌を潜り込ませ、歯茎の裏から口蓋にかけて舌を躍らせる。民雄は目を開けているので、美羽がくっきりした眉を折り曲げているのが見える。

「舌を突き出してごらん」

いったん顔を離して言うと、赤い舌がおずおずと伸びてくる。

唾液を光らせた舌を、民雄は舌先で突くようにして舐める。

「美羽さんも、舌を動かして」

しばらくして、女の細長い舌がちろちろと横揺れして、民雄の舌を叩いてくる。

民雄は赤く濡れた舌を頬張るようにして吸い込み、ゆっくりと吐き出した。

美羽がびっくりしたように目を開けて、民雄を見た。

民雄はふたたび唇を合わせ、今度はなかで舌と舌をからませる。くぐもった声を洩らしながら、美羽は懸命に舌を合わせてくる。処女の甘やかな唾液の味覚が舌の上でひろがった。

舌をぶつけながら、乳房を揉みしだいた。

「やさしく、やさしく」と心のなかで呟き、乳首をかるく指で転がす。押しつぶすようにすると、美羽はキスしていられなくなったのか、顔を離してのけぞった。

民雄はすかさず顔を胸に移し、乳首に吸いついた。

もう片方の乳房を柔らかく揉みながら、乳首に舌を打ちつける。すると、透き通るようなピンクにぬめる乳首は乳暈から痛ましいほどにせりだしてくる。

男の唾液で濡れる可憐な乳首が、可哀相だった。

乳房を絞り出すようにしてさらに突き出させ、舌で弾いた。

「うっ……うっ……やぁああんん」

美羽はのけぞりながら、激しく首を振る。おそらく、感じることにとまどいを覚えているのだろう。

華奢な上半身から、胸の骨の形が浮かび出ている。

いったん吐き出して、周囲を舌で円を描くようにして舐める。薄く色づく硬貨大の乳暈はわずかに浮き出て、そこから乳首がツンと突き出している。

「あああぁぁ、ぁあああぁぁぁ」

美羽がもどかしそうに腰をよじった。

「どうした？」

「ぁあぁ、舐めてください。じかに、舐めて」

「こうか？」

民雄は本体に吸いついて、なかで舌を躍らせる。

頬張っておいて、ゆっくりと吐き出すと、小さな乳首がちゅるんと躍ってこぼれでた。

「ぅうううぅぅ……」

余韻が残っているのか、美羽は顎をせりあげて喘いだ。

「感じるんだね？」

「はい……」

「美羽さんの体は、もう大人だ。安心しなさい」

言うと、美羽ははにかんで目を伏せた。

民雄は乳房を離れて、みずみずしい裸身を慈しむように撫でまわし、キスをしながら、徐々に下へと移っていく。

敏感な身体をしていた。とくに脇腹は感受性が鋭く、かるくなぞるだけで、声をあげて身をよじった。

染みひとつないすべすべの肌が粟粒立ち、どこからか痙攣が走った。

民雄はレース刺しゅうの入った純白のパンティに手をかけて、慎重に引きおろしていく。足先から抜き取ると、美羽は太腿をよじりあわせて恥部を護った。

足をつかんで開かせようとすると、いやいやをするように首を振る。

「どうした、恥ずかしいのか？」

美羽はこっくりとうなずいて、顔をそむけた。

ならばと、民雄は足を撫でさすった。すらりと伸びた足の太腿はむっちりしているが、膝から下はほっそりしている。

引っ掛かるところがひとつもない肌を、膝から少しずつさすりあげていく。

なめらかな肌は撫でているだけで、心地よい。ぴっちりとよじり合わされた太腿を内側のほうにまわりこませながら、フェザータッチでなぞる。

「あっ……うっ……はあぁぁ、はあ、はぁあぁぁぁ」

初々しい喘ぎを洩らして、美羽は顎をせりあげる。太腿がぶるぶる震えて、足踏みするように交互に動いた。

これならと、内腿に当てた手を上方にずらすと、太腿が力なくひろがって、湿ったものを指に感じた。

手のひらを上から差し込む形で、指腹をつかって潤みをなぞりあげた。

頭髪はみどりなす黒髪なのに、下腹部の飾り毛は薄かった。やわやわとした繊毛は地肌が見えるほど細くまばらだ。

民雄は右手で恥肉を、左手で乳房を愛撫した。乳首を口に含んで様子を見る。

何かをこらえるようにくいしめていた唇が、ほどけた。

美羽はくぐもった声を絶えず洩らしながら、腰を微妙に揺する。指に感じる潤みが増している。

「ここを、口でかわいがりたいんだ、いいね?」

顔を見て言うと、美羽は目を開けて、ためらいがちにうなずいた。

民雄は下半身のほうに移動して、美羽の膝の裏側に手を添え、一気に持ちあげた。そのまま、下腹部にしゃぶりつく。

「うっ……!」

呻き声とともに、下半身に痙攣が走った。

ヨーグルトのような性臭を感じながら、恥肉に舌を走らせた。溝に沿って舐めあげるだけで、美羽は「うううぅぅぅ」と呻いて、ソファベッドの表面を指で掻く。

処女肉はわずかにアンモニア臭が匂い、強い酸味が舌にまとわりつく。

いったん顔をあげ、膝を開かせて、美羽の秘部を鑑賞する。

窓から差し込む初夏の陽光が、処女肉を浮かびあがらせていた。

波打つ薄い肉びらがひろがって、内部の肉庭がのぞいている。唾液と愛蜜でぬめ光るそこは清新なピンクで、そこが未踏地であることを感じさせた。

「ぁあぁ、オジさま、いやですっ」

美羽が懸命に膝を閉じようとする。

「恥ずかしがることはない。きれいだぞ……だけど、いやらしい蜜があふれてる」

「いや、いや……見ないで」

美羽が足に力を入れるので、民雄もふたたび顔を埋めて、濡れ溝をしゃぶった。

経験のある女より味がきついのは、やはり、男根によって掃除されていないからだろう。これも処女の証《あかし》なのかもしれない。

上方の肉芽に舌を移し、あふれでる蜜を塗り込めるように舐めてみた。

「ぁああうぅぅ、そこ、ダメっ」

美羽が鋭く反応して、ソファベッドの表面を掻きむしった。

膣感覚の発達していない処女は、やはり、クリトリスが一番の性感帯なのだろう。

包皮を指でめくると、赤い突起がニョキッと現れた。本体は意外に大きかった。

かわいい顔をして突出した肉芽を、たっぷりの唾液をまぶすようにしてフェザータッチで攻める。

「あぁあぁ、くくぅぅぅぅ……」

悶絶するような声が聞こえる。

舌で上下に撥ね、横揺れさせて弾くと、美羽は甲高い悲鳴に似た声を放った。

やがて、下半身が痙攣をはじめた。ぶるぶるっとした細かい震えが伝わり、下腹部が舌の動きにつれて、切なげにくねり動いた。

このままクリトリスを攻めれば、美羽は気を遣《や》るかもしれない。だが、それでは、民雄のほうが満足できなかった。

4

民雄は顔をあげると、隣にごろんと横になった。

美羽を座らせて、その手を股間でそそりたつものに引き寄せる。握らせて、

「しごいてごらん」

言うと、美羽も男のイチモツには興味があるのだろう。おずおずと擦りはじめた。

お嬢さまの細く長い指が、醜悪な怒張にからみついている。それだけで、民雄はひどく昂奮した。

「どう、初めて触る気持ちは？」

「へんな感じ。表面は柔らかいのに、でも、硬い……血管がこんなに浮き出てる」

瞳を輝かせて、ミミズのようにのたうつ血管をなぞってくる。

「いやだ。ピクピクって、頭を振ってる」

美羽の無邪気な言葉が、民雄をいっそう昂ぶらせる。

「でも、怖いわ。こんな大きなものが、あそこに入るのかしら？」

もっともな疑問だと思った。

「大丈夫だよ。でも、その前に、それを唾で濡らしておいたほうがいいね。そうしないと、きついかもしれない」

民雄はフェラチオさせたくて、言う。

「お口でするのって、そういう効果もあるのね」

「ああ。そうしてくれないか？」

わずかなためらいの後に、美羽は足の間に身体を入れ、正面から顔を寄せてきた。勃起したものの形状を確かめるように、包皮をくちゅくちゅと動かしながら、至るところに舌を這わせてくる。

その稚拙だが、まるで与えられた玩具の具合をさぐるような無邪気な所作が、民雄には新鮮だった。

「下のほうに、金玉があるだろう。そこを舐めると、男は気持ちいいんだ」

「えっ……」

美羽は絶句して、眉をひそめる。

「へんなプライドは捨てるんだ。そうしないと、美羽さんは変わらないぞ」

美羽は叱られながら抱かれたいと口にしたのだから、このくらいはさせていいだろうと思った。

「何をしている。早く、しなさい」

語気を強めると、美羽は顔の位置を低くして、裏筋から付け根へと舐めおろしていく。

一瞬のためらいの後、なめらかな舌が皺袋をなぞりはじめた。

まるでおぞましいものでも相手にするように、ぺろっと舐めてはすぐに口を離す。

だが、それをつづけるうちに、気持ちが昂ぶってきたのか、皺袋に丁寧に舌を這わせはじめた。

奮えがきた。

蝶よ花よと育てられただろうお嬢さまが、自分の汚い睾丸を舐めている。

「上手いぞ。美羽さんはかわいいな……よし、今度は金玉を口に入れてごらん」

言うと、舌の動きが止まった。令嬢には耐えられないことに違いない。

「やりなさい。そうしないと、女になれないぞ」

美羽は唇を嚙みしめていたが、やがて、顔を低くしたので、民雄は自ら膝を開いて持ちあげ、頰張りやすくしてやる。

美羽が顔を傾けるようにして、片方の睾丸を口に含んだ。

「上手いぞ。そのまま、舌をつかって……そう、口のなかで転がすようにして」

様子をうかがっていると、皺袋になめらかな肉片がまとわりついてきた。さらには、くちゅくちゅと揉みしだくようなことをする。

「おおぅぅ……」

民雄は目を閉じて、もたらされる愉悦を味わった。

美羽は何も言わずとも、もう一方の睾丸も頰張り、ちゅるっと吐き出した。

額で一直線に切り揃えられた髪の下で、ぼぅと霞んだような黒目勝ちの瞳がいやらしく潤んでいた。

「しゃぶりなさい」

言うと、美羽は猛りたつものを一気に咥え込んだ。

まるで、心の箍《たが》が外れたように、大胆に情熱的に頰張ってくる。柔らかな唇と濡れた舌で分身を包み込み、速いピッチで顔を打ち振る。

醜悪な金玉を頰張ったことで、プライドが砕かれ、本来の女の部分が出てきたのかもしれない。

「んっ、んっ、んっ……」

たてつづけに往復させ、いったん吐き出した。

肩で息をしてから、また、勃起を口におさめる。今度は前より深く咥えて、ゆったりとした大きなストロークでしごいてくる。

「こっちを見なさい。咥えたままだぞ」

美羽は先っぽを口におさめた状態で、上目遣いに民雄を見る。

乱れた前髪からつぶらな瞳がのぞいて、きらきらと光っている。

美羽は咥えたまま、亀頭冠に舌を這わせていたが、やがて顔を伏せて、大きなストロークでしごきだした。

くぐもった声を撒《ま》き散らし、力尽きたように顔をあげて、喘いだ。

「ありがとう。頑張ったね。そのお礼だ」

民雄は美羽を仰向けに寝かせて、足の間に腰を割り込ませた。

両足をすくいあげるようにして開かせ、処女肉の濡れ溝に猛りたつものを押しつけた。

「入れるよ。いいね？」

訊くと、美羽は小さくうなずいた。自分が女にされる気分はどうなのだろう？

民雄は自分が決して体験できないロストバージンに思いを馳せながら、慎重に切っ先を押しつけた。

ひろがった肉庭の下方に小さな窪みがある。ひくつくぬめりに亀頭部をあてて、ゆっくりと体重をかけた。

「ぅうぅぅ……やっ、怖い」

美羽の腰が逃げた。

「大丈夫。少しの我慢だから」

言い聞かせ、もう一度、切っ先に体重を乗せる。

ぬるっとすべって、先端が弾かれた。再度挑戦して、慎重に狙いを定めた。そのままゆっくりと押し進めると、切っ先が窮屈な箇所を突破する圧力を感じた。

体重をかけると、分身がぐぐっと何かを押し広げていく確かな感触があった。

「くうぅぅぅぅ……」

痛いのだろう。美羽が両手を突っ張らせて、民雄を押し退《の》けようとする。

民雄がさらに力を込めると、硬直が埋まり込み、二人の恥毛が触れ合った。

「はうっ……！」

尖った顎をいっぱいにのけぞらせ、美羽は肢体を硬直させる。

おそらく、身体を真っ二つに引き裂かれるような衝撃を感じているのだろう。

しばらくそのままでいると、美羽は力尽きたようにぐったりとして、民雄をつかんでいた手をソファベッドに落とした。

だが、男の分身を初めて受け入れた膣肉は、面白いように痙攣して、びくびくと硬直を締めつけてくる。

とても、ピストン運動できるような状態ではなかった。

民雄は足を放して覆いかぶさり、美羽の顔面に祝福のキスを浴びせる。

「頑張ったね。美羽さんは、これで女になった」

やさしい言葉をかけて、髪や顔を撫でてやる。

すると、美羽の閉じた目から見る間に涙があふれて、顔の側面へと伝い落ちた。

女の涙を見て、民雄も胸がジーンとしてきた。もらい泣きしそうになるのをこらえて、ちゅっ、ちゅっと目尻に唇を押しつける。

それから、顎から首すじにかけて連続したキスをおろしていく。その間も、片手で乳房を揉みしだく。

乳首を吸いたくなって、腰を引き気味にし、背中を丸めるようにした。この格好だと、かろうじて乳首に口が届く。

いたいけにせりだした乳首を転がし、撥ねて、ちゅーっと吸う。

もう一方の乳首も同じように愛玩《あいがん》していると、美羽の腰がもどかしそうに揺れはじめた。

「どうした？」

「……動いてください」

「いいのか？」

「……お願い。痛くてもいい。動いてほしい」

うなずいて、民雄は静かに腰をつかう。

あまり強く突いても苦痛なだけだろうと思い、ゆるやかに内部を攪拌する。腰を引き気味にして、浅瀬で戯れさせる。

今度は少し深く打ち込んで、スローピッチで抽送をする。

「うううぅぅ……くぅぅぅぅ」

苦しげに眉をハの字に折り曲げて、美羽はそうしないといられないといったふうに、民雄の二の腕にしがみついている。

腕に食い込む指の力の入り具合で、美羽が体験しているもののつらさがわかった。

民雄はまた背中を丸めて、乳首にしゃぶりついた。口のなかでねろねろと舐めながら、浅いところで抜き差しをする。

すると、これがいいのか、美羽の洩らす声が変わりはじめた。

「あああぁぁ……はぁあうぅぅ」

「少しは、感じるのか？」

乳首に唇を接したまま訊くと、

「はい……痛いけど、気持ちがいい。うっとりする感じ」

美羽が言う。

ならばと、民雄は同じ姿勢で乳首を愛玩しながら、ゆるやかに腰をつかう。深くは打ち込めないが、美羽に奉仕する気持ちである。

緊張していた肉路がリラックスして、すべりが良くなった。時々、肉襞がぐぐっと盛りあがって、分身を締めつけてくる。

その状態でたっぷり五分ほどは奉仕しただろうか。民雄は乳房から顔をあげて、美羽を見た。

「ああぁぁ、はぁぁあぁぁぁぁ」

すでに体験するものが限界を越えてしまったのだろうか、美羽はたゆたっているように眉根をひろげ、ただただ喘いでいる。

眉のすぐ上で切り揃えられた前髪があがって、少女のようなあどけない顔をしていた。色白の顔が酩酊したように紅潮し、首すじまでもが染まっていた。

その顔を見た途端に、民雄は強い昂奮に襲われた。

顔を寄せて、唇を奪った。

柔らかな唇を味わい、舌を潜り込ませる。美羽はほとんど無意識のうちにだろう、自分からも舌をからみつかせてくる。

民雄の肩をぎゅっと抱きしめ、舌をつかいながら、ゆるやかに腰を揺すった。

少女の媚態に、民雄もこらえきれなくなった。

「美羽さん、出すぞ。いいな？」

訊くと、美羽はこくんとうなずいた。

民雄はふたたび唇を重ねると、腰を波打つように躍らせる。

ぎこちなくからみついてくる舌の感触。まだきつく、狭い女の肉路が、異物を押し出そうとでもするように分身を締めつけてくる。

このくらいでは射精しない民雄だが、今度ばかりは甘い高揚感が下腹からじわっとひろがってきた。

唇を吸いながら、ぐいぐいと屹立を押し込んでいく。

「ぅうぅぅ……うぐぐ」

ふさがれた唇から、つらそうな声をあふれさせる美羽。

民雄はキスをやめて、本格的な打ち込みにかかった。

「我慢しろよ。できるな？」

「はい……はい……くぅぅぅぅ」

美羽はいたいけに眉を褶曲させて、顎を突きあげる。その角度に、美羽が味わっているものの大きさを思いながら、民雄はフィニッシュに向けてひた走った。

肩口から手を入れ、首すじをかき抱くようにして、速いピッチで腰を躍らせる。

「くぅぅぅ……ぁあぁぁぁぁ……早く！」

「そうら、出すぞ。そうら」

最後に渾身の力を込めて、深いところに届かせた。その途中で爆発が起こった。

「うあっ……」

吼えながら、民雄は男液をしぶかせていた。

美羽も放出がわかるのか、民雄にがしっとしがみついて、震えている。

目眩く瞬間だった。

すべてを出し尽くして、民雄は美羽に覆いかぶさっていく。体重をかけないように気をつかいながら、額にキスをする。

美羽は何をされても反応できないといった様子で、息絶えたように静かに横たわっている。それでも、肉路は時々思いだしたように収縮して、小さくなった肉茎を締めつけてくる。

民雄は慎重に分身を抜いて、そばにあったティッシュボックスからティッシュを抜き出して、美羽の股間にあててやった。

民雄も濡れた分身をティッシュで拭いていると、背後から美羽の声がした。

「ありがとう、オジさま」

「あ、ああ……しばらく休んでいなさい」

作務衣を着た民雄は、添い寝して、美羽の裸身を抱きしめた。

第八章　熟れ肌のご褒美

1

しばらくして、茶道教室の生徒数が増えてきた。一度辞めた生徒が戻ってきたのだ。事情を訊くと、S流家元からうちの茶道教室を推薦する書状が届いたのだという。

久仁子は驚いて、家元を訪ねた。そこで、まさかの事実が判明した。

橋田美羽は、初老を迎えた家元が目に入れても痛くないほどにかわいがっている孫娘だった。裕仙の動きを伝え聞いた家元が不審に思い、その真偽を確かめるために、信頼する孫を教室に遣わせたらしい。

そして、美羽は家元にいい報告をした。裕仙が奈々美にしたセクハラの事実も家元は知っていたという。

美羽をかわいがり、全幅の信頼を置いている家元は「孫があなたたちの教室を大変評価していてね、こちらも力を貸しますよ」と、久仁子に約束してくれたらしい。また、裕仙は幹部から降格になったようだった。

その事実を久仁子から聞いて、民雄は仰天した。美羽は只者《ただもの》ではないと感じていたのだが、まさか家元の孫だったとは。

（知らなかったこととはいえ、私は家元のかわいがっている孫を抱いたのか）

あらかじめわかっていたら、美羽を叱ることも、バージンを奪うこともできなかっただろう。

だが、結果的にはそれがいいように働いて、美羽はうちの教室を評価してくれた。そのなかには、民雄への評価も多少含まれているかもしれない。民雄は美羽を女にしたのだから。

（ということは、偶然とはいえ、私も奈々美の役に立ったということか）

奈々美には何もしてやれなかっただけに、民雄はそのことがうれしかった。

（しかし、まさかあの子がね……）

美羽がアイリスの花を手折ることをしなければ、それを民雄が見ていなければ、こういう結果にはならなかった。

（神様も、私たちを見捨てていなかったということか……）

今考えると、美羽は、神様が遣わせた幸運の女神だったのかもしれない。

（最初は傲慢なだけのお嬢さまだと思っていたが、いい子だったんだな）

民雄は美羽にお礼の言葉をかけたかったが、あれから、美羽は教室にはぷっつり姿を見せなくなった。

任務を終えたのだから、もう来る必要もないのだろう。そして、民雄に抱かれるのは一回きりだと、あらかじめ心に決めていたのかもしれない。

民雄は、心に残っていた美羽への未練を断ち切った。

その日、奈々美は地元の会場で行われるお茶会に出て、家を留守にしていた。

午後、茶室に使っている和室で、民雄は久仁子のお点前《てまえ》を受けていた。

この頃は、民雄も時々お茶をいただく。作務衣姿で、差し出された茶碗をつかんでまわし、三口半で抹茶を啜る。

慣れてきたせいか、最近は正座をつづけても足が痺れなくなった。

少し離れたところで正座して、後片付けをする久仁子は、相変わらず凛として美しかった。

紫色の地の小紋を着ているのだが、普段着感覚というのだろうか、少しも気取ったところがない。それでも、所作は洗練されていてまったく無駄がない。

こうして二人になると、あらためて久仁子はいい女だと思う。

一度身体を合わせてから、教室が窮地に陥ったこともあって、閨をともにしていない。もっとも、それは奈々美も同じだ。二人は一緒にいることが多いので、民雄がそのどちらかと身体を重ねるのは難しかった。

「民雄さん」

久仁子が手を止めて、民雄を見た。尻の下で白足袋の爪先が重ねられている。

「じつは、わたし、この前、美羽さんにお礼の電話をしたんですよ」

「そうか……私も出て、お礼を言いたかった。最近はあの子、姿を見せないからね」

美羽のことを口にすると、ロストバージンしたときの美羽の顔が脳裏に浮かんで、下半身がぞくりと疼いた。

久仁子が膝を移動させてこちらに向き直り、

「そうしたら、美羽さん、オジさまによろしくっておっしゃっていたわ。ふふっ、何がよろしくなのかしらね」

口許に微笑を浮かべて、民雄を見た。

「い、いや……その、あれじゃないか。久仁子さんも知っているとおり、花のことで喧嘩したからね。そのことじゃないか？」

「……前にわたしと奈々美がお茶会で外出したことがありましたよね。あのとき、美羽さんとここで逢ったんですって？」

「えっ……」

「隠しても無駄ですよ。美羽さんからうかがったんだから」

民雄は、話さなくてもいいことを話して、と美羽に腹立たしさを覚えた。

「あ、ああ。まあね。向こうが相談したいことがあるというものだから……」

「そこで、裕仙のことを話したんですってね」

そういうことかと納得して、民雄はうなずく。

「そんな大切なこと、どうして話してくれなかったんです？　それとも、何か話せない事情でもあったのかしら？」

久仁子の目が光った。

「そ、そんな……何もないよ。必要ないと思ったから、話さなかっただけで」

明らかに動揺する民雄を、久仁子はじっと見ていたが、

「わかりました。そういうことにしておきます」

「いや、ほんとうに何もなかったんだから、ただ話をしただけで」

必死に弁解していると、

「美羽さんが家元にいい報告をしてくださったのも、たぶんに民雄さんのおかげだと思います。心から感謝します。ありがとうございました」

久仁子は畳に手を突いて、深々と頭をさげた。

「い、いや……」

久仁子は頭をあげて、ふっと口許をゆるめた。

「今回のことは、民雄さんのお手柄ね。ご褒美をあげなくては」

立ちあがって、畳の上を白足袋を擦るように近づいてくる。

民雄の隣にしどけなく横座りして、身体を寄せてきた。

「奈々美はまだしばらく帰ってこないわ。お願い……」

肩に頭を載せるように囁かれると、民雄もその身体を一度味わっているだけに、心が動いた。

だが、自分は奈々美を妻のように思っている。実際に抱いている。それなのに、叔母と身体を合わせていいものだろうか？

初めて久仁子と身体を重ねたときに思ったことを、また思った。

一度だけなら過ちで済むが、二度となると過ちでは片づけられなくなる。しかし、久仁子ほどの女が求めてきているのに、それを拒むなど、男としてどうなのだろうか？

迷っていると、久仁子が膝に顔を伏せた。作務衣の股間をふくらませているものに頬擦りしながら、言った。

「あなたが、好きよ」

「この家に来てからいろいろあったけど、わたしは幸せです」

「えっ……？」

「…………」

「民雄さんに抱かれてから、ずっとあなたのことを思っていたわ。民雄さんはどう思っていらっしゃるか知らないけど……」

そう言って、久仁子は力強さを増してきたイチモツを作務衣越しに撫でさすった。

民雄は、奈々美のことがあるから複雑な心境だった。

だが、しなやかな指で分身を巧みにさすられると、下半身の欲望がそんな思いを押し流していく。

(ダメだな、男という生き物は……)

久仁子は民雄の手をつかんで、片膝を立てた。

紫色の着物の前がぱっくり割れて、鮮やかなピンクの長襦袢が見え、乳白色の太腿がのぞいた。

それから久仁子は、民雄の右手を太腿の奥へと導いた。

ミンクのように柔らかな繊毛の下に、ぬるっとした女の花肉を感じる。

「濡れているでしょう？」

「あ、ああ……」

「民雄さんが恋しかったから。ここが、あなたを求めているのよ」

淫婦のようなことを口にするこの女は、普段は淑やかな茶道の師範なのだ。そのことが、民雄をいっそう昂ぶらせた。

「いじって……久仁子のいやらしいところを」

誘いながら、久仁子は右手を作務衣のズボンのなかにすべりこませ、じかに勃起に触れた。下腹に張りついた肉の棹を握って、ゆるやかにしごいてくる。

(ここまでされて拒むのは、女に失礼だろう)

分身から立ち昇る疼きに似た快感が、民雄にそう思わせるのかもしれなかった。

ピンクの長襦袢のなかをまさぐると、肉厚の陰唇はまるで油でも塗ったようにぬるっ、ぬるっとすべる。

奈々美のそれは薄い感じだが、久仁子の陰唇はぽってりとふくらんでいる。

血を吸った蛭《ひる》のような肉びらの狭間に指を走らせると、久仁子の腰がじりっ、じりっと揺れはじめた。着物姿で悩ましげに眉根を寄せ、くぐもった声を洩らして、もどかしそうに腰を横揺れさせる。

「お願い、押し倒して。これ以上、女に恥ずかしいことをさせないで」

久仁子の言葉が、民雄を一匹の獣にさせた。

久仁子を畳に押し倒して、覆いかぶさるように、右手で太腿の奥をいじった。

前身頃が割れて、雪のように白い太腿があらわになっている。久仁子は太腿を擦りあわせるようにして、白足袋で畳の表面を掻いていたが、やがて、左右の太腿がみだらな角度でひろがった。

「……いや、恥ずかしい」

太腿をよじりあわせようとするのだが、民雄が裂唇の狭間をなぞると、ふたたびひろがっていく。ピンクの襦袢を張りつかせて、くの字に開いた太腿がこたえられなかった。

(久仁子さんは乱暴にされると、感じるんだったな)

着物の襟元から左手を差し込んで、じかに乳房をつかんだ。

奈々美の胸より豊かなふくらみを荒々しく揉みしだき、存在感を増したトップの蕾《つぼみ》をつまんだり、転がしたりする。

「ぁあぁ、民雄さんのここを感じたい」

久仁子が右手を伸ばして、作務衣の股間をなぞってくる。

民雄はいったん立ちあがって、作務衣のズボンをブリーフとともに脱いだ。猛りたつムスコが誇らしい。

奈々美を抱く前は、長い間不遇をかこっていた分身は、それが嘘のようにいきりたっている。

男のセックスライフに浮き沈みがあるとしたら、今は二度目の性春を迎えているのかもしれない。長い人生、こういうときがあっても罰は当たらないだろう。

久仁子の視線が、逞《たくま》しい硬直に向けられているのを意識しながら、民雄は久仁子の顔面をまたぐようにして、しゃがんだ。

分身をつかんで上下動させ、久仁子の顔面を叩いた。

「うっ……」

久仁子が顔をそむける。

「あなたは、こういうことが好きなはずだぞ。そうら」

上下に振ると、肉棹が鞭《むち》のようにしなって久仁子の頬や口許を打った。だが、いくら責められるのが好きでも、女性は顔を穢されるのはいやなのだろう。久仁子が顔をそむけようとするので、

「これがいやなら、咥えるしかないぞ」

口許に硬直を押しつけると、唇がひろがって、久仁子は肉の鞭を頬張ってくる。

自ら顔を浮かせるようにして、唇と舌でしごいてくる。

苦しそうな姿勢なので、民雄は後頭部を右手で包むようにして、顔を斜めになるまであげさせる。そうしておいて、下の口に打ち込むように腰を躍らせた。

「ううううぅ……」

つらそうに眉根を寄せながらも、久仁子は決していやがらずに男根での凌辱を受け止めている。

「苦しい？」

訊くと、久仁子は目でうなずく。

「でも、気持ちいいんだね？」

ふたたび、久仁子は目で肯定する。瞳を潤ませながらも、従順を誓う目の表情が男心をかきたてた。

「オナニーしなさい」

言うと、久仁子がエッと見あげてくる。

「男根を咥えさせられて、自分のあそこをいじる。気持ちいいはずだぞ。やりなさい」

しばらくして、久仁子が長襦袢のなかに右手を入れて、恥肉を触りはじめた。

咥えさせながら後ろを見ると、右手が太腿の奥に入り込み、あさましくそこをなぞりまわしているのが見える。

民雄は後頭部をつかみ寄せて怒張を叩き込みながら、時々、背後を見る。

着物の前をはだけさせて、二本の太腿がいやらしい角度でひろがり、白足袋に包まれた足がずりずりと畳を擦っている。

股間に添えられた指の動きが活発さを増し、膣のなかに指を挿入しているのか、手首が素早く縦運動する。それにつれて、チャッ、チャッ、チャッと水音が撥ねた。

「ふふっ、久仁子さん。あなたはいやらしい女だ。いつもは澄ました顔で生徒にお茶を教えているのに」

言うと、久仁子は肉棹を頬張らされたまま、かるく首を左右に振り、今にも泣き出さんばかりに眉を折り曲げる。

それでも、指の動きは止まらない。後ろを見ると、指の動きにつれて下腹部をせりあげたり、横揺れさせたりしている。

「イキそう？」

訊くと、久仁子は目でうなずいた。

「まだ、イカせないよ」

民雄は頭を離して、前屈みになった。

体重を猛りたつものに乗せて、一気に喉奥へと届かせる。

「ぐうぅぅぅ……！」

久仁子は断末魔を迎えたように手足をバタつかせる。息ができなくなったのか、顔を真っ赤にして鼻孔をふくらませる。

民雄が肉棹を引き抜くと、激しく噎《む》せて胎児のように丸くなった。

2

久仁子は立ちあがって、帯を解いている。シュルシュルッと衣擦れの音とともに、長い帯がリンゴの皮のように床に舞い落ちた。

着物を肩から落とす。鮮やかなピンクの長襦袢姿になった久仁子は、季節外れの桜の花びらを全身にまとったように艶やかだ。

「着物を下に敷きたいんだが」

「えっ……」

「じかに畳では擦れるだろうから、着物を敷きたいんだ」

再度言うと、

「わかったわ。大した物ではないから、いいですよ」

久仁子はそう答えて、脱いだ着物を畳に敷いた。紫の色が青畳に映える。

それから久仁子はちょっと考えてから、長襦袢を脱ぎはじめた。桜色が剥がれて、色白の肌が現れる。驚いたのは、ピンクの腰巻《こしま》きをしていたことだ。

「ほう、今日は腰巻きをしているんだな」

「いやだ。最近は腰巻きなんて言わないんですよ」

「じゃあ、どう言うんだい？」

「裾《すそ》よけかしら」

言いながら、久仁子は長襦袢を肩から落として、裾よけだけの姿になった。

恥ずかしそうに胸のふくらみを隠しているのだが、上半身は裸で腰から下にピンクの布が巻きスカートのように張りついている。

民雄は時代劇でしか見たことがなかった姿なので、新鮮さを感じるのと同時にひどく昂奮してしまった。

久仁子は裏返しになった着物の上に横座りして、胸を隠している。そのどうにでもしてくださいと言わんばかりの姿が、民雄を誘った。

先ほど解いたピンクの帯揚げをつかんで、手を前に出すように言う。久仁子も待っていたのだろうか、両手を前に差し出して、手首を合わせた。

民雄が手首を柔らかな帯揚げでくくっていると、久仁子が言った。

「誤解なさらないでくださいね。わたしは、好きな人だから、こういうことを許すんですよ」

「ああ、わかっている」

「それから……奈々美とはほんとうに何でもないんですね？」

民雄はギクッとしたが、動揺は外には見せずに、

「何でもないさ。奈々美さんは息子の嫁だからね。息子も今はいないが、いつ帰ってくるかもわからないしな」

忸怩《じくじ》たる思いで言いながら、帯揚げを最後にぎゅっと結んだ。

「うっ……」

低く呻いて、久仁子はうつむいた。

やはり、縛られると感じてしまうのだろう。手首をくっただけで、全身からにじみでる雰囲気がしなっとしたものに変わった。

民雄は背後にまわると、久仁子の腕をあげて首の後ろに持ってくる。羽交い締めされているような格好になり、胸が無防備になった。

「手はこのままだよ。いいね」

耳元で言い聞かせて、がら空きになった腋から手をまわして、胸のふくらみをつかんだ。たわわな乳房は柔らかく沈み込みながらも、指先を跳ね返すような弾力に富んでいる。

「さっきのこと、ほんとうですね。奈々美とはないんですね」

やはり気にかかるのか、久仁子が確かめてくる。

「ああ、何度言ったらわかるんだ。心配しなくていい」

あまり何度も痛いところを突かれると、逆に腹立たしくなる。

乳房を揉む手に力が入った。下からすくいあげるようにぐいぐいと揉みしだき、乳房をむんずと鷲づかむ。

「うっ、ぁあぁぁ……あなたが好きです。民雄さんは……民雄さんはどうなの？」

「……好きに決まっているじゃないか。好きでなければ、こんなことはしないよ」

本命は奈々美だ。だが、久仁子のことも好きだ。だから、これに関しては嘘ではない。

それに、奈々美は未亡人状態ではあるが、実際は息子の嫁なのだ。愛してはいけない相手なのだ。

それに対して、久仁子は偽りのない未亡人だ。夫を亡くしてひとりで生きてきた。そして、おそらく連れ合いを求めている。

どちらが自分に相応《ふさわ》しいかと言えば、客観的に見て、久仁子だろう。

(こんないい女が、私のような男に好きだと言ってくれているのだ。これ以上、何を求めることがあるのか？)

民雄は今は奈々美のことは忘れて、目の前の久仁子を愛そうと思った。

汗ばんだ乳肌が、指にしっとりとまとわりついてくる。頂の突起はすでにしこりきって、指で撥ねるときの感触が固い。

右手を下半身にすべらせた。

ピンクの裾よけを左右にはだけて、ミルク色に張りつめた太腿をなぞった。内側に手をまわりこませて上へとすべらせると、しとどに濡れた女の苑がぬるっとした感触を伝えてくる。

乳房を揉みあげ、濡れ溝をなぞると、久仁子はあえかな喘ぎをこぼして、背中を預けてくる。両手を首の後ろで組み、もどかしそうに腰を揺すって、甘えついてくる。

「ぁあああぁ、ぁあああうぅぅぅ……」

「ふふっ、どうした？」

「欲しいわ。民雄さんのあれが欲しいの」

あられもない言葉を吐いて、白足袋の踵で敷かれた着物を擦りつける。

「ふふっ、あれって？」

「ぁあうぅ、あれよ。あれ……」

「それでは、わからないな。はっきり言いなさい」

久仁子は顔を伏せて、いやいやをするように首を振った。

「言わないと、ずっとこのままだぞ」

「ぁあああぁ……お、おチンチンよ。おチンチンが欲しい」

とうとう口にして、久仁子は唇を噛んだ。

「その前に、あなたの好きなものを口でかわいがりなさい。いいね」

民雄は着物の上に仰向けになり、咥えているところが見えるように肘を突いて、上体を起こした。

久仁子は開いた足の間に座って、顔を寄せてきた。

手首のところでくくられている手で勃起を左右から合掌するように持ち、指腹でゆるゆるとさすってくる。

それから、親指で亀頭部をつかんで左右に開いたので、尿道口がぱっくりひろがって内部の赤みがのぞいた。

何をするのかと見ていると、久仁子は下を向いて、口をもごもごさせている。やがて、唇の間から白い泡を含んだ唾液が押し出されたと思ったら、それが鈴口に向かって垂れてきた。

とろっと落下した唾液が、口を開いた尿道口に溜まって、滴《したた》り落ちる。

久仁子は顔を寄せて、鈴口を満たした唾液を舐めはじめた。なめらかな舌が尿道口をぬるっ、ぬるっとすべる。

「ううぅ、ツーッ」

敏感な鈴口を刺激されて、民雄は思わず天井を仰ぐ。

「民雄さんのここ、かわいいわ。いっぱいお口を開いて、お魚さんの口みたいよ」

久仁子は顔をあげて言い、また、亀頭部に舌を這わせる。

今度は尖らせた舌を尿道口に差し込むようにして、ちろちろと横揺れさせる。それを、手を前でくくられた裾よけ姿の美女がしてくれているのだから、されるほうはたまったものではない。

唸っていると、久仁子は亀頭部を口に含んだ。カリの突出部に唇と舌をからめて柔らかく包みながら往復させ、同時に左右の手で茎胴をさすってくる。

「おおぅ、気持ちがいいぞ。ジンジンしてくる」

思わず言うと、久仁子はちゅるっと吐き出して、手を外した。口だけで頬張ってくる。ずずっと奥まで呑み込み、顔を少し傾けた。

その状態で顔を打ち振るので、亀頭部が歯磨きでもするように頬の内側を擦り、繊細な頬が丸くふくらんでいるのが見えた。

久仁子が顔を振るたびに、ふくらみが移動していく。

久仁子は右の次は左と、歯磨きでもするように頬の内側を亀頭部でなぞった。

肉体的な快感というより、久仁子の落ち着いた美貌が見るも無残に歪《ゆが》んでいるところを見ることの、驚きに似た悦びのほうが大きかった。

（この女は自分がどんな顔になっているかわかっていて、それを自分の前にさらしてくれているのだ）

そう思うと、久仁子を心の底から抱きしめたくなった。

3

「久仁子さん、もういい。ありがとう」

言うと、久仁子が顔をあげた。ととのった品のいい顔が上気して、目の縁が朱を刷《は》いたように染まっている。

「そのまま、またがって。上になって」

久仁子がまたいできたので、民雄は裾よけをはしょってやる。ピンクの裾よけがまくりあげられて、色白のむちむちっと熟れた下半身があらわになった。

「自分で入れてごらん」

「えっ……でも、手が……」

「大丈夫。支えているから」

民雄は猛りたつ肉棹をつかんで、垂直に立てた。

「ああ、これ、恥ずかしいわ」

そう言いながらも、久仁子は和式トイレにしゃがむ格好で膝を開き、腰を前後に動かして、濡れ溝を亀頭部に擦りつけてくる。

白足袋を履いた足を左右に置き、ピンクの裾よけからのぞく下腹部をかるく前後に揺すっては、「ぁあぁあうぅぅ」と声をこぼす。

「久仁子さん、いい格好だぞ」

「ぅうぅぅ、言わないで」

やがて、久仁子は自分で腰の位置を調節して、ゆっくりと沈み込んできた。

すぐには入っていかなかった。

久仁子は懸命に腰を左右にくねらせ、猛りたつものを招き入れながら、慎重に腰を落とす。怒張が一センチ刻みで膣肉をうがっていった。

あるところから余裕ができて、分身がぬるぬるっと埋まり込んだ。

「はうっ……！」

ひとつになった手を前に突き、久仁子は上体をしならせた。

久仁子の体内は肉厚な陰唇と同じで、内部が肥大した扁桃腺のようにふくらんでいた。

「いい感じだ。久仁子さんのここは、たまらない」

「ああ、久仁子も、久仁子もたまらないわ」

喘ぐように言って、久仁子が腰をつかいはじめた。

ひとつにくくられた手を胸に突いて、腰を前後に激しく揺するので、民雄の分身は荒々しく揉み抜かれる。外れてしまいそうになるのを手で押さえてふせぎながら、民雄も下から腰を撥ねあげてやる。

「うっ……！」

久仁子は動きを止めて、腹の上でのけぞった。

「よおし、腰を上げ下げして、あれが入っていくところを見せなさい」

「……恥ずかしいわ」

「いいから、やりなさい」

叱咤すると、久仁子は少し前屈みになって両膝をあげた状態で、ゆっくりと腰を持ちあげた。

淫蜜まみれの肉の塔が見える。久仁子はぎりぎりのところまで引きあげておいて、ストンと腰を落とす。

「うあっ……」

と呻き、深くおさめたところで、腰を前後左右に激しく振った。

はだけた裾よけからのぞく雪白の太腿には翳りが繁茂し、そこを肉の棒が深々と割っているのがはっきりと見える。

「あたってるだろう？」

「はい……あたってる。押してきます。ぁあうぅぅぅ」

久仁子はふたたび腰を少しずつ持ちあげていく。いっぱいまであげておいて、今度は入ってくる感触を愉しむようにゆっくりとおろした。

民雄がここぞとばかりに腰を撥ねあげると、何かがぶつかる感触があって、

「はうっ……！」

久仁子は顎をせりあげて、上体を反り返らせた。

「気持ち良かったか？」

「はい。身体のなかで火花が……」

「そうか……よし、今度はそのまま後ろを向きなさい」

言うと、久仁子は時計回りに少しずつまわっていく。そそりたつ肉棒を軸にゆっくりと回転していって、後ろ向きになり、前に屈んだ。

裾よけを完全にたくしあげると、豊艶な尻があらわになった。

丸々としたヒップは大きさは奈々美と同じくらいだが、全体にほど良く脂《あぶら》が乗っていた。尻たぶの狭間で、菊状に幾重もの皺を集めた窄まりが、ひっそりとした佇まいを見せている。

「さっきと同じように、腰を振って」

しばらくすると、尻がおずおずと上下動をはじめた。

久仁子は尻を突き出すようにして、ゆっくりと縦に振る。そのたびに、変色して濡

れた媚肉を肉の棹が出たり、入ったりするさまが目に飛び込んでくる。

「久仁子さん、いい格好だぞ。尻がもっこり、もっこり揺れて……ふふっ、尻の孔まで丸見えだな」

言葉でなぶると、久仁子は「いやっ」と声を出して、尻たぶを引き締める。

民雄は指に唾をつけて、アナルの窄まりの周囲をかるくなぞってやる。

「ああうぅ、そこはいやっ……許して」

久仁子は逃れようとするが、下腹部が繋がっているからままならない。

面白くなって、ココア色の蕾を指で押すと、蟻《あり》地獄のようにへこんだ底がひくひくっとざわついた。

民雄はアナルセックスはしたことはないが、ここに分身を突き入れたら、久仁子はどんな反応を示すのだろうと思った。

アナルに指を添えたまま、久仁子に腰を上下動させる。

窄まりの下で、淫蜜まみれの硬直が、ぱっくりと割れた恥肉をうがっている。恥ずかしそうにひくつくアナルの蕾、「いや、いや」と羞恥の声を撒き散らしながらも、いやらしく腰を振る久仁子。

民雄は、自分はこういうことをさせるのが好きなのかもしれないと思った。その証拠に、分身は温かい肉路のなかで撥ねている。

「……突いて。久仁子を思い切り突いて。お願い……」

久仁子があさましく腰を横揺れさせた。

このままバックから嵌めるのは、面白くなかった。

和室を見まわすと、隣室との境をなす襖が目に飛び込んできた。上は欄間《らんま》になっていて、鴨居《かもい》が走っている。

思い立って、民雄は接合を外し、立ちあがった。

長襦袢を締めていた長い腰紐が畳に置いてあるのが目に入った。ピンクの腰紐をつかんで、襖を開けた。向こうも和室になっている。

「久仁子さん、ここに来て」

呼ぶと、久仁子は立ちあがり、両腕を前でくくられた状態で近づいてくる。

「ああ、民雄さん」

「どうした？」

「な、何をするの？」

不安そうに訊いた。

「大丈夫。大したことではないよ。腕を出して」

おずおずと差し出された腕の結び目に、腰紐を通した。

欄間を支える鴨居に腰紐を投げあげるように掛けて、またがせる。落ちてきた腰紐を手首の結び目に通して、ぐいっと引いた。

「あっ……やっ」

久仁子のひとつにくくられた手が、するするとあがっていく。

民雄は長さを調節し、腕を頭の少し上の位置まで引きあげておいて、腰紐を結び目でしっかりと留めた。

民雄は女体を縛れるわけではないが、このくらいは誰でもできることだった。

「ぁあぁ、民雄さん……」

久仁子が怯えたように名前を呼んだ。だが、その瞳の奥には、どこか陶酔したような表情がうかがえた。

「こういうのは、初めて？」

「はい……はい」

「私も初めてだから、きつくなったら言ってくれよ」

民雄はさらけだされた乳房を正面からつかんで、荒々しく揉みあげた。

もう片方の手で、裾よけをはだけて、太腿の奥をまさぐる。どろどろに溶けた肉襞が指にからみつき、

「ああうぅぅ……やぁあああん……はうぅぅぅ」

久仁子は両手を頭上にあげられた無防備な姿で、腰をくねらせる。

性感を高めておいて、民雄は背後にまわった。

垂れさがっている裾よけをまくりあげて、落ちないように留める。腰を後ろにいっぱいに引かせておいて、尻たぶをなぞりまわした。

「あああぁ、ぁあうぅぅ……」

久仁子が切なげに腰を揺するので、縦に走る腰紐が揺れた。

白足袋を履いた足がたたらを踏むように動き、女らしい曲線を描く女体がもどかしげにくねる。

「久仁子さん、きれいだよ。すごく、色っぽい」

耳元で囁き、尻を撫でていた右手を狭間に差し込んだ。

そこはもう洪水状態で、腫《は》れぼったくなった肉びらがぬるっ、ぬるっとすべった。

「ここに欲しいんだね？」

「はい……ちょうだい」

「後ろから入れるから、もっと腰を突き出して」

腕を縛られた姿勢で、久仁子は精一杯腰を後ろに引いた。

民雄は尻をつかみ寄せて、亀頭部で濡れ溝をなぞりあげる。

「あぁあぁ、ぁあぁあぁ、欲しい。焦らさないで。お願いです」

尻を横揺れさせて、久仁子は湿地帯を擦りつけてくる。

「入れるぞ」

民雄は狙いをつけて、ゆっくりと押し込んでいく。今度は抵抗なくすべり込んだ。

「くうぅ、はぁあああぁぁぁぁぁ」

ひとつにくくられた手で腰紐を握りしめて、久仁子が背中を弓なりに反らせた。

ピンクの腰紐がいっぱいに引っ張られ、ピーンと張っている。

民雄は縛った女を貫く快感に襲われながらも、前に手を伸ばして、乳房を揉みしだく。湿った乳肌を感じながら、突起を指でこねまわした。

そうしながら、ゆったりと腰をつかって、肉路を突く。

「あああぁぁ、あああぁぁ、いい……どうして、こんなにいいの？　ぁあああぁぁ」

心からの声をあげて、久仁子は裸身をよじる。

気持ちがいいのは民雄も同じだった。普通はやらないようなことをして、久仁子も自分も昂奮している。二人は性の相性がいいのだと思った。

民雄は乳房をつかんでいた手を下にずらしていき、下腹部に届かせた。自分の分身が女の肉筒に突き刺さっているのがわかる。その上方に息づく肉芽を、くりくりとこねてやる。

蜜をまぶしこむようにしてクリトリスをいじると、久仁子は一段と激しい声をあげて、かるく震えはじめた。ぶるぶるっとした痙攣が尻から太腿にかけて伝う。

「いいのか？」

「はい……はい……」

久仁子はすでに酩酊状態だ。このアブノーマルな体位に感じるのだろう。

民雄は股間から手を抜いて、左右の腰をがしっとつかんだ。引き寄せておいて、強いストロークを叩きつける。パン、パン、パンと乾いた音が響き、

「うあっ、あっ、あっ……やぁあああぁぁぁ」

家中に響き渡る声をあげて、久仁子はひとつにくくられた手の指で腰紐を握りしめた。

豊かな尻肉に弾かれる感覚がたまらない。民雄はしゃくりあげるような円運動で内部を掻きまわした。

「くうぅぅぅ……ぁあぁぁ、はぁあぁぁぁ」

久仁子は、もたらされる快楽にたゆたっているようだ。

民雄は背後から抱えるようにして、片手で乳房を揉みしだき、腰を躍動させて女の祠をえぐりたてた。

「いい……いいの……死んじゃう、死ぬ……」

「そうか、そんなにいいか？」

「はい……はい」

久仁子はすでに身体に力が入らない様子で、ぐったりして、されるがままになっている。おそらく支えを外したら、へたりこんでしまうだろう。

腰紐も握れない状態で、手首に強い加重がかかって、手首から先が赤紫色に変わっていた。

4

これ以上は危険だと判断して、民雄は久仁子をおろしてやる。

ふらふらっと倒れかかる久仁子を抱きとめて、畳に敷かれた着物の上に寝かせる。

しばらく休憩を取ったほうがいいかもしれない。そう思って胡座をかいていると、久仁子が這うようにして、民雄に身体を預けてきた。

「民雄さん、つづけて。久仁子を目茶苦茶にして、お願い」

いまだに猛りたつ分身に頬擦りしてくる。

「大丈夫なんだな？」

「はい……」

久仁子を仰向けに寝かせて、民雄は膝をすくいあげるようにして、正面から打ち込んだ。

久仁子は凄絶に呻いて、喉元をさらす。

民雄も何かに憑かれたように、腰をつかう。激しく打ち据えるたびに、乳房がぶるん、ぶるんと揺れる。色づく乳首が唾液で濡れて、乳暈からそそりたっている。

久仁子はくくられた両手を頭上にあげていた。腋の下が無防備にさらされ、その降参するようなポーズが民雄にはたまらなかった。

「いいの。おかしくなりそう……ぁあぁぁ、あんっ、あんっ、あんっ」

腰のところで身体を二つ折りにされ、久仁子は女の秘部をしこたま貫かれながらも、喜悦の声を放つ。

(この女と一緒になったら、死ぬまで現役をつづけられるかもしれない。だが、命を縮めることは確実だな)

そんなことを思いながら、覆いかぶさっていく。久仁子の腋窩《えきか》に顔を寄せて、ぺろっと舐めた。

「あうっ……」

腋を締めようとするのを腕をつかんであげさせ、もう一度、腋の下の窪みに舌を走らせる。つづけざまに舐めると、

「ぁあぁ、恥ずかしい……恥ずかしい……はぁあああん」

「くぅぅぅ……」

久仁子の身体がぶるぶる震えはじめた。

民雄はもう片方の腋窩の匂いを嗅ぎ、舌を走らせる。

久仁子の身体に痙攣が走るのを見て、顔をあげた。真上から久仁子を見おろした。

柳のような眉を褶曲させた泣き顔が、ひどくエロティックだった。思わず唇を奪っていた。

唇を重ねながら、分身で膣肉の上側をずりずりと擦りあげていく。

溜まってきた唾液を流し込むと、久仁子は厭《いと》うことなく呑み込んで、うれしそうな顔で見あげてくる。それから、真剣な眼差しで言った。

「わたし、もう、家には帰りたくない」

民雄はどう答えていいのか、とっさには判断できなかった。

迷っていると、久仁子は両腕で民雄の顔を挟むようにして、自分から唇を合わせてくる。

久仁子は舌を押し込むと、歯茎や口蓋をぬらっと舐めてきた。それから、顔を離して、じっと見つめてくる。

静けさをたたえたやさしげな顔が、民雄を魅了した。

「久仁子さん……」

名前を呼ぶと、久仁子はきゅっ、きゅっと膣肉を締めてきた。

「くうぅぅ……たまらんよ」

心の揺れを忘れて、民雄は快楽の虜《とりこ》になった。

下半身の欲望はもう限界に近かった。力強く久仁子を抱き寄せ、つづけざまに腰を躍らせた。

「ぁあぁうぅぅ、いい……」

久仁子はふたたび両腕を頭上にあげ、首から上をのけぞらせながら、もたらされる愉悦の印を眉間に刻む。

華奢な首すじが女の官能を一身に集めていた。

久仁子はピンクの裾よけがまとわりつく足をM字に開いて、男根を深いところへ導こうとしている。

ずりゅっ、ずりゅっと膣肉を擦りあげると、民雄も切羽詰まってきた。甘い愉悦がじわっとひろがり、陰嚢がひくついた。

「久仁子さん、イクぞ。いいね」

「はい……ちょうだい」

「そうら……」

民雄は一線を越えようとして、反動をつけたストロークを叩き込んだ。

(自分もまだこんな豪快な動きができるのだな)

歯をくいしばって打ち込むと、

「あん、あんっ、あんっ……ぁあぁぁぁ、イキそう」

久仁子は頭の上の手を握りしめ、全身を震わせた。

「そうら、イッていいんだぞ。そうら」

民雄は渾身の力を込めて、怒張を叩きつけた。

「やぁあああぁぁぁぁ……今よ。ちょうだい！」

「そうりゃ」

ぐいと打ち込んだ途中で、精液が噴出する感覚があった。

「ああぁぁぁぁ……はうっ！」

久仁子がのけぞりかえるのを見ながら、民雄は駄目押しとばかりに下腹部を押しつける。


精根尽き果てた民雄が、着物の上でぐったりしていると、久仁子が立ちあがって長襦袢をつけはじめた。

民雄は、久仁子がピンクの長襦袢を身につける優美な仕種に見とれた。

白の半襟が胸元に走り、結局脱がなかった白足袋の白がひどく悩ましかった。

着終えると、久仁子はしゃがんで、

「汗をかかれたんだから、冷やすとよくないわ」

そう言って、自分の着物で民雄を包み込んだ。民雄は、久仁子の愛情で自分がやさしく包まれているような気がした。

「ありがとう」

「いいんですよ。しばらく、そうしていてください」

久仁子は立ちあがり、お茶の道具を片づけはじめた。

長襦袢が張りつく豊かな尻をぼんやりと眺めていると、久仁子が言った。

「さっき言ったこと……ほんとうなんですよ。わたし、ずっとこの家にいたい。もう、ひとりの家に帰るのはいやなんです」

(それだったら、ずっといればいい……そうしなさい)

口に出かかった言葉を、民雄はかろうじて呑み込んだ。

第九章　最後の蜜情

1

油蝉《あぶらぜみ》がかまびすしく鳴いていた盛夏の夜、民雄は奈々美と久仁子と三人で夕食を摂っていた。奈々美と久仁子が力を合わせて作った料理は、いつものことながら非の打ち所がなかった。

「美味しいね」

民雄が褒めると、二人が顔を見合わせて微笑んだ。

三人が和気藹々《あいあい》でいられるのも、茶道教室が順調で、生徒も着実に増えていたからだ。

久仁子が引っ越してきてから、すでに五カ月が経とうとしていた。教室が軌道に乗るまでとの約束だったが、久仁子は帰ろうとはしなかった。

奈々美も久仁子がいれば心強いだろうし、民雄も帰宅を勧めることは憚られた。この前、久仁子と身体を合わせたときに言われたことが頭にあった。民雄は、久仁子が家を留守にするときは奈々美を抱き、奈々美が家を空けるときは久仁子と情を交わしていた。

それは不自由なようであって、じつは民雄にはちょうどよかった。五十歳をとうに過ぎた民雄には、毎日のように夜のお勤めをするのは肉体的にきつかった。

一カ月に数度、しかも、二人の美女のどちらかを相手にできるのだから、理想の状態だった。

奈々美も、夫がもう一年以上も失踪しているのだから、ある意味では未亡人と言ってよかった。奈々美には前に、一年を過ぎたら離婚を考えたらと言ったことがあるが、離婚は即ち奈々美が家を出ることに繋がるから、民雄はそのことに敢えて触れなかった。奈々美もその話を持ち出すことはなかった。

(私は二人の未亡人を相手にしているようなものだ。寂しい未亡人の渇望を癒しているのだから、後ろ指をさされる筋合いはない)

そう考えると、いくらか気持ちが楽になった。

「今度のお盆休みに、三人でどこかに行かない？　お盆は教室も休みですし……奈々美もここまで頑張って走りつづけてきたんだから、そろそろ休みを取らないと。北のほうの温泉なんか、いいと思うんだけど……どうかしら、民雄さん？」

久仁子が箸を休めて、民雄を見た。

民雄は、三人だと夜がちょっとやっかいなことになりそうだなと危惧《きぐ》しながらも、

「いいね……奈々美さんが行きたいのなら、かまわないよ」

ちらっと、奈々美を見た。

「そうですね。わたしなんかより、叔母さまのほうがお疲れでしょうから、叔母さまがそうしたいとおっしゃるなら、ぜひ行きたいですね」

奈々美が賛成したので、では、どこの温泉がいいのかという話題に移った。

北海道は遠すぎるし、東北あたりはどうだろう、と候補地を思いつくままに挙げていると、トゥルル、トゥルルと家の電話が鳴った。

「あっ、私が出るよ」

設置された子機に最も近いところにいた民雄は、席を立って、壁に掛かっている受話器を取った。

「もしもし、小野ですが」

応答するが、返事がない。

「もしもし、も……」

そのとき、電話の向こうから、男の声がした。

「父さん……俺だよ」

民雄は動転して、受話器を落としそうになった。

「啓介か……！」

息子の名前を呼ぶと、奈々美と久仁子がハッと息を呑んで、動きを止めるのがわかった。

「どこにいるんだ？　早く帰ってこい！」

せっかく電話をかけてきたのだからやさしく接しなければと思いつつも、民雄は情
けない息子を叱咤していた。啓介が黙っているので、

「まったく、バカなことをして。残された者の気持ちを考えたことがあるのか？

奈々美さんだって、どんなにお前を……」

「わかってるさ。だから、帰るから」

「えっ？　帰ってくるのか……」

声に出すと、奈々美が立ちあがって、椅子に蹴躓《けつまず》きながら駆け寄ってきた。

「ああ、帰るよ。明日の午後になるかな」

「明日の午後には帰るんだな」

「ああ……奈々美はいるのか？　いるなら、出してくれないか？」

そう啓介が言うので、

「啓介が、代わってくれって」

受話器を手渡すと、奈々美は大切なものでも受け取るように受話器を両手でつかんで、耳にあてた。

受話器から啓介の声がかすかに聞こえたが、内容はわからなかった。

奈々美は感極まった様子で、受話器から流れる息子の声をじっと聞いている。時々うなずき、「はい、はい」とだけ答える。

久仁子が、「息子さんが帰ってくるんですか？」と訊いてくるので、民雄はうなずいて、聞き耳を立てる。

やがて、奈々美の目に涙が光った。目尻の涙を手で拭っているのを見ると、奈々美がいかに息子を愛しているかが、実感として伝わってきた。

長い電話だった。最後に奈々美は、

「わかりました。待っています。絶対に帰ってきてね……はい、はい」

名残惜しそうに、電話を切った。民雄が言葉を待っていると、

「明日のお昼過ぎには帰ってくるそうです」

奈々美が二人に向かって言った。

「で、啓介は何をしていたんだ？　話したのか？」

思わず訊くと、奈々美は、啓介はしばらく日本各地を旅してまわっていたが、ここ

数カ月は新しい会社を起こすために奔走していたのだという。

「経営コンサルタントの会社をやりたいんだって、言っていました。啓介さんは中小企業診断士の国家資格を持っていますから」

「そ、そうか……」

民雄は安堵を覚えた。息子がやる気になったのだ。大学を首席で卒業したくらいで、貯蓄もあるはずだから、その気になれば会社のひとつくらい作るのは可能だろう。

だが、民雄はそれとは裏腹に、気持ちが沈み込んでくるのを感じていた。

失踪していた息子が戻ってくるのだから、手放しで喜ぶべきことだ。それなのに、この気持ちは？

理由はわかっていた。簡単なことだ。啓介が帰ってくれば、奈々美は息子の嫁に戻る。貞淑な奈々美は、夫の目を盗んで民雄に抱かれるようなことはしないだろう。奈々美は啓介を心から愛しているのだ。さもなければ、啓介の電話でうれし涙を流したりしないだろう。

とても食事をする気にはなれなかった。民雄が片づけるように言うと、奈々美は食器をキッチンに運びはじめた。無口になっているのは、おそらく啓介が帰ってくることがわかり、万感の思いが胸に込みあげているからだろう。

（なんだかんだ言っても、奈々美さんは啓介の女なのだ）

民雄が力なくダイニングテーブルの椅子に座っていると、久仁子が不安そうに訊いてきた。

「わたしはどうしたらいいんでしょう？」

「……啓介が帰ってきてから、相談すればいい。大丈夫。久仁子さんをすぐに返すようなことはしないよ。あなたのおかげで、奈々美さんはここまでやってこれたんだから。それに、啓介が帰ってきても教室はつづけたらいいよ。そのことは、私が啓介に言うから」

「ありがとうございます。でも、明日、啓介さんが帰ってきて、わたしがいたら、きっと水入らずの団欒《だんらん》を邪魔することになります。ですから、今から自宅に帰ります。落ち着いたら、また呼んでください」

「いや、そんなことはしなくていいよ。それに、帰るなら、明日の午前中に帰ればいいだろう」

「いえ、まだ八時ですから、充分に帰れます。タクシーを呼びますから、大丈夫ですよ」

「いや……」

民雄の反対を押し切って、久仁子は部屋にあがっていった。

（確かに、久仁子さんが言うように、明日啓介が帰ってきて家に他人がいたら、気持

ちは良くはないな)

民雄は、久仁子の気遣いに感謝した。

(しかし、明日の午後には、ほんとうに啓介が帰ってくるんだな)

なかなか実感が湧かなくて、民雄は椅子に腰かけて、外灯に照らしだされた庭をぼんやりと眺めていた。

啓介は勝手に出て行ったくせに、残された者がようやく啓介なしで生きていく形を見つけたと思ったら、突然、帰ってくるという。

(お前、勝手すぎないか……あんまりだろう)

民雄はテーブルに残されていた湯呑み茶碗をつかんで、冷めかけたお茶をぐびっと飲み干した。

2

深夜、民雄が蒲団の上で眠れないまま輾転としていると、ドアをかるくノックする音が聞こえた。

(やはり、来たか!)

最後の夜だ。しかも、久仁子もいない。

民雄は心のどこかで、奈々美が部屋に来てくれることを期待していた。また、来てくれるのではないかと予想していた。

蒲団を出てドアを開けると、奈々美がうつむいたまま立っていた。ドキッとした。奈々美が純白のネグリジェを身につけていたからだ。

下腹部のものが一気にいきりたつのを感じながら、奈々美を招き入れる。

座布団を出したが、奈々美はそこには座らずに、畳に正座した。

蒲団に胡座をかいている民雄を上目遣いに見て、

「夫が留守の間、わたしを支えてくださって、ありがとうございました」

両手を前に突いて、額を畳に擦りつけんばかりに頭をさげた。

「私は当然のことをしたまでだ。いいから、頭をあげなさい」

「お義父《とう》さまには、お世話になりました。この気持ちは絶対に忘れません」

そう言って、奈々美はようやく頭をあげた。

「あ、ああ……」

「この半年間、わたしはお義父さまの嫁のつもりでやってまいりました」

そう言う奈々美の白のネグリジェ姿を、行灯風ランプシェードの明かりが妖艶に浮かびあがらせている。

「でも……」

奈々美が言い澱《よど》んだ。民雄は次の言葉を予想して、聞きたくないと思った。

「以前に申しましたとおり、啓介さんが戻ってきたので、わたしは啓介さんの嫁に戻ります」

「もう、いいよ。わかっているから。心配しないでいい。奈々美さんとのことは、絶対に言わないから」

「……すみません。この半年、わたし、すごく幸せでした。お義父さまに抱かれて、幸せでした」

うつむいたと思ったら、奈々美は嗚咽しだした。

民雄は近づいていって、震える奈々美を後ろから抱きしめた。ほのかに甘い化粧の香りがふわっと匂い立つ。

「私ももうあなたにせまることはないから、安心しなさい」

言うと、奈々美は胸にまわされた腕を握って、「ううっ」と嗚咽を嚙み殺した。

薄いネグリジェの布を通して、ノーブラの乳房の感触が伝わってきて、それが民雄をかきたてた。

「奈々美さん、頼みがある。最後に、もう一度、お前を抱きたいんだ」

「……はい。わたしもそのつもりで来ました」

奈々美が向き直って、民雄を見た。

「お義父さま、抱いて。思い残すことがないように、思い切り抱いて」

身体を預けてくるので、民雄はしっかりと受け止めた。

それから、顔を両手で挟みつけるようにして唇を奪った。柔らかな唇が重なって、喘ぐような息づかいとともに、奈々美の甘い息が匂った。

ついばむようなキスをしてから舌を差し込むと、歯列がほどけて、女の舌がからみついてくる。

(キスをするのも、これが最後になるんだな)

そう思うと、身体の底から滾るような情念がうねりあがってきて、貪るように舌を吸い、口腔を舐めまわしていた。

奈々美にもこれが最後だという気持ちがあるのか、民雄の情熱に応えて激しく舌をからませてくる。

全身に獣染みた欲望が充満し、民雄はそれをぶつけるように奈々美を蒲団に押し倒した。

唇を離し、腕を押さえつけて、上から奈々美を見た。

奈々美は恥ずかしそうに顔を横に向けて、唇を噛んでいる。

あらためて、いい女だと思う。

柔らかくウエーブした髪がほつれつく品のいい顔、眉尻のややさがった細いがしっかりした眉、眉根を寄せていつも何かを思い詰めているような表情……。

考えてみたら、息子の嫁というのは、最も身近な血の繋がっていない女だ。民雄のように半ば隠居した男にとって、そういう女を好きになるのは、ごく自然の経緯なのではないか？

「お義父さま、そんなに見ないで……恥ずかしい」

奈々美がいっそう顔をそむけた。

「お前をこの目に焼き付けておきたいんだ」

言うと、奈々美が上を向いた。

目と目が合った。奈々美の瞳はこんなときでもやさしさをたたえていた。

民雄は面映くなって、先に視線を逸らした。それから、顎から首すじにかけて唇を押しつけた。ちゅっ、ちゅっとつづけざまにキスをして、唇をおろしていく。

花嫁を思わせる純白のネグリジェの胸元から、鎖骨がのぞいていた。

こんもりと乳房の形に盛りあがったネグリジェからは、乳首の突起が浮かび出ている。

民雄はネグリジェ越しに、乳房に唇を押しつける。甘美なふくらみにキスをし、そして、頂の突起に舌を這わせる。

舐めているうちに、ネグリジェが唾液で濡れて、乳首の形や色が白い布地を通して透け出てきた。

「ううううぅ……ぁああうぅぅぅぅぅ」

身体が敏感になっているのか、奈々美はあふれそうになる喘ぎを嚙み殺して、肢体をくねらせる。

民雄は手首から手を離して、乳房を揉みしだいた。

もどかしくなって、ネグリジェを裾からまくりあげると、奈々美はいったん身体を起こして、ネグリジェを首から抜き取った。

奈々美は下着を一切つけていなかった。一糸まとわぬ色白の裸身が、ランプシェードのぼんやりした明かりに照らされ、深い陰影が女体のラインをいっそう色っぽく感じさせた。

恥ずかしそうに乳房を手で覆い、太腿をよじって陰部を隠す奈々美。

民雄はふたたび奈々美を仰向けに寝かせて、乳房にしゃぶりついた。

張りのある乳肌をマッサージしながら、頂上の蕾を舐め転がす。

「くうぅぅ……ぅうぅぅぅ」

奈々美は手を口に持っていって、あふれそうになる声を必死に塞ぎ止めている。

「久仁子さんはいないんだ。自由に声を出していいぞ。いや、奈々美の声を聞かせてくれ」

言いながら、いつの間にか「奈々美」と呼び捨てにしていることに気づいた。今夜だけは、「さん」をつけないで、奈々美を呼びたかった。

「いいな？」

「はい……」

「よし、いろいろなことを忘れて、思い切り愉しもう。奈々美も抑えないでいいから、すべてを私に見せてくれ。いいね？」

問うと、奈々美は真剣な表情でうなずいた。

民雄もパジャマを脱ぎ捨てて、全裸になった。股間のものが、若者のような角度でいきりたっていることが誇らしかった。

奈々美がそそりたつ肉棹にじっと視線を注いでいるので、

「こいつを、しゃぶりたいんだな？」

訊くと、奈々美は小さくうなずいた。

民雄は、奈々美を仰向けに寝かせ、反対向きでその上に覆いかぶさっていく。男性上位のシックスナインの格好である。

まずは女陰には触れないで、分身を奈々美に咥えさせる。

顔をまたぐようにして、屹立を口許に近づけると、奈々美は肉茎を右手で握り、位置を調節しながら、先端に舌をからませてくる。

「私のおチンチンが好きか？」

「はい……お義父さまのおチンチン、好きです」

素直に答えて、奈々美は猛りたつ肉柱を情感込めて舐めしゃぶる。

鈴口を舌で突くようにして刺激し、亀頭全体を舌を旋回させて舐めてくる。その間も、根元のほうをゆるやかに擦ってくるので、分身はいっそう怒張する。

いつもながら、巧みな舌づかいだった。

(明日の夜には、息子のものをこうやってしゃぶるんだろうな……ひさしぶりだから、きっと激しくなるだろう)

明日の夜を想像すると、胸底から嫉妬に満ちた咆哮《ほうこう》がうねりあがってくる。

「咥えなさい」

命じた。奈々美が頬張ってくる。柔らかな唇と舌に包まれるのを感じて、民雄は腰を動かした。下の口に打ち込むようにゆったりと腰を振ると、硬直が奈々美の口をずりずりと擦るのが感じられる。

「ううううぅ……くうぅぅぅぅ」

苦しそうな呻き声が聞こえた。それでも、奈々美は抜き差しされるものを懸命に頬張っている。

奈々美を凌辱しているような気持ちになり、嫉妬に似た怒りが少しおさまった。

「咥えてるんだぞ。離してはダメだからな」

民雄は、奈々美の両足を持ちあげさせ、膝の裏を押さえ込むようにして、蒲団に手を突いた。腰のところで身体が折り曲げられ、下腹部が持ちあがって女の印が目に飛び込んでくる。

長方形の飾り毛が流れ込むあたりに、奈々美を女たらしめている部分がわずかに口をのぞかせていた。フリル状の肉びらがめくれあがり、鮭の切り身にも似た色合いの内部が潤沢な光沢を放っている。

(このかわいいオマ×コに、明日には息子のものが押し入るんだな)

憤懣やる方ない思いにとらわれて、民雄は割れ目に舌を伸ばした。

手は足を開かせているので使えない。濡れ溝に沿って舌を往復させると、肉びらがひろがって、内部の鮭紅色がぬっと現れた。

粘膜に舌を差し込むようにして舐めると、

「うっ……うぐぐっ……」

奈々美は肉棹を口におさめたまま、くぐもった声を撒き散らす。

民雄は左右の陰唇をまとめて吸い込み、なかで揉みほぐした。ちゅるっと吐き出すと、奈々美の腰がもどかしそうに横揺れした。

磯溜まりに似た性臭が強くなり、透明な愛蜜が舐めても舐めても湧き出てきた。

最も敏感なはずのクリトリスに舌を届かせる。あふれでた蜜を幾度となく塗り込めておいて、肉の突起を吸った。

「うううぅうぅぅ！」

奈々美はくぐもった声を爆《は》ぜさせ、下腹をせりあげてくる。

柔らかな恥毛を感じながらなおも、クリトリスを舌で撥ねる。包皮をかぶせたままの肉芽を上下に舐め、左右に弾くと、身体がぶるぶると震えだした。

「ただ咥えているだけではダメじゃないか。舌をつかって」

言うと、なめらかな舌が分身にまとわりついてきた。しばらく舌をつかわせておいてから、ふたたび肉芽に吸いついた。

「くうぅぅぅぅ……」

呻きとともに、舌の動きが止まった。

民雄は突起を舌で弾き、吸いながら、腰を上下に振る。

クリトリスから湧きあがる愉悦の波に翻弄されながらも、奈々美は懸命に肉棹を咥えている。ジュブ、ジュブと唾音とともに、肉の塔が往復する。

(今、奈々美はどんな気持ちなのだろう?)

民雄は腰をあげて肉棹を口から抜くと、足を支えていた手を離して、いっそう前のめりになって、恥部に顔を埋めた。

指で包皮を剝いて、露出した肉の豆を舌で転がすと、

「ぁあぁぁ、お義父さま、ダメっ……くぅぅぅぅ」

奈々美は自由になった口から喘ぎ声を発して、蒲団に置いた左右の足をずりずりと動かす。くの字に曲がった足が、快感そのままに蒲団を擦る姿がひどくエロティックだった。

「奈々美、手でしごいて」

「はい……」

奈々美は右手で勃起を握って、ゆったりと擦る。

民雄が恥肉に舌を走らせると、あえかな喘ぎとともに足が動き、肉棹をしごく手の動きが急激に強くなった。

「ぁあぁ、お義父さま……」

「どうした？」

「ぅぅぅぅぅ……」

「どうした？　言わなくてはわからないだろう」

しばらくすると、奈々美が消え入りたげに言った。

「欲しい。お義父さま、これが欲しい」

民雄は「明日になれば息子に同じことを言うのか？」という言葉を、かろうじて呑

み込んだ。

3

奈々美を仰向けにして、正面から打ち込んだ。

M字に開いた足をつかんで、自分は上体を立てて、素早く腰を律動させる。挿入は浅いが、上反りした分身がGスポットを擦りあげていくのがわかる。

「気持ちいいだろ？」

「はい……気持ちいい。擦ってくる。気持ちいい……ぁあぁぁぁ、お義父さま、このままずっと繋がっていたいです」

奈々美が顔を持ちあげて、民雄を見た。

「私だって、そうだ。このまま、ずっと奈々美と繋がっていたい」

「ああ、お義父さま……好きです。心から愛しています」

「わ、私だって……」

後につづく言葉は、照れて口に出せなかった。

体の底から、マグマのような熱い感情がせりあがってきて、このまま奈々美を連れて逃避行したくなった。

だが、もちろんそんな無茶なことはできないこともわかっている。

(今はただ、奈々美を喜悦に導くことしか、自分のできることはないのだ)

膝を閉じたり、開かせたりして膣の締めつけ具合を調節しながら、ぐいぐいと分身を打ち込んでいく。

「ぁあぁぁ、ぁあぁぁぁ、いいの……ほんとうにいいの。どうして、どうして、こんなにいいの？」

奈々美は首を持ちあげて、民雄に潤みきった瞳を向ける。それからまたのけぞって、シーツが持ちあがるほど握りしめる。

民雄は左右の足を合わせて伸ばし、胸前で抱えた。その姿勢で細かく腰を振ると、

「ぁあぁぁ、これもいいの！」

奈々美は顔の表情が見えなくなるほどのけぞった。

前のときもこうしたような気がするなと思いながら、民雄は奈々美の足指を舐めた。

親指を口に含み、ねろねろと舌をからませる。

「ああ、いや……汚い」

「いや、汚くない。奈々美の身体ならどこだって舐められる」

民雄は片足の親指を頬張りながら、ゆるやかに腰をつかう。

「ぁあぁぁ、ぁあぁぁ……どうにかなっちゃう。お義父さま、奈々美、どうにか

なっちゃう」

奈々美は狂乱状態で、顔を激しく左右に打ち振った。

民雄はもう片方の足の親指にも丹念に舌を這わせ、そしてしゃぶった。その間も、腰を躍らせて、膣肉をえぐりたてた。

忘我状態に陥っている奈々美を見ながら、民雄は膝をつかみ、徐々に奈々美の腰を立たせる。

奈々美に腕を腰に添えさせて、三角倒立をするような姿勢を取らせた。民雄はバランスを取って、上から打ちおろす。「まんぐり返し」の体勢である。

前のめりになりそうなところを足を踏ん張ってこらえる。全身を上下動させると、猛りたつ肉棹がぐさっ、ぐさっと膣肉に突き刺さっていく。

「奈々美、見てみなさい。何が見える？」

奈々美がおずおずと顔をあげた。

「ああ、いやっ」

すぐに顔をそむける。

「ダメじゃないか。ちゃんと見なさい」

叱咤すると、奈々美がこちらに視線を投げた。逆さになった自分の膣に肉棹が深々と突き刺さっているのが見えるはずだ。

「ほら、何が見える？」

「ううぅぅ……おチンチンが、お義父さまのおチンチンが奈々美のあそこに」

「そうだな。啓介はこんなことはやってくれないだろう？」

「はい……初めてです。こんなの初めて……可哀相。奈々美のあそこ、可哀相……」

「ふふっ、可哀相じゃないさ。奈々美のオマ×コは悦んでいるぞ。うれし涙をいっぱい流して、ひくひく締めつけてくる」

そう言って、民雄は腰を上下動させて、屹立を打ち込んでいく。

ジュブッ、ジュブッと音がして、白濁した蜜があふれてきた。

「うっ……うっ……ぁあぁぁ、お義父さま、もうダメっ……力が入らない」

奈々美が訴えてくるので、民雄はいったん接合を外して、仰向けに寝た。

上になるように言うと、奈々美は待てないと言うように下半身にまたがってきた。

自らの淫蜜にまみれた肉棒を手で導き、しゃがみ込みながら受け入れる。

「うっ」と呻き、ぺたんと膝を突いて、上体を真っ直ぐに伸ばした。

何も言わなくても、その姿勢で腰を激しく前後に揺すって、快楽を貪ろうとする。

「ふふっ、いやらしいな、奈々美は。きれいな顔をしているのに、なんだ、そのいやらしい腰づかいは？　啓介に見せてやりたいな」

「ああ、いや、いや……啓介さんのことは言わないで」

そう口走って、奈々美は腰の動きを止めた。

「そうら、これでも我慢できるかな？」

下からずんっと腰を撥ねあげてやる。

「うっ……」

鋭く呻いて、奈々美は裸身をバウンドさせる。

「自分で動きなさい。いやらしい姿を見せてくれ」

奈々美は上体を垂直に立てた姿勢で、腰を上下に打ち振った。それから、前に手を突いて、腰をゆっくりと引きあげ、素早く落とす。

落としきった状態で、前後左右に尻を打ち振った。

「エッチだぞ、奈々美。とても、教室で生徒に教えている先生だとは思えないな」

言葉でなぶると、奈々美は「いや、いや、いや」と首を左右に振った。

長い黒髪が獅子舞のように躍り、色白の肌にまとわりつく。ウエストのきゅっとくびれたチェロのようなプロポーションが悩ましい。

民雄は奈々美と両手を繋いで、下から支えてやる。すると、奈々美は前に体重を乗せながら、尻を上げ下げした。

そのたびに、蜜にまみれた肉棹がぬぷっ、ぬぷっと女の口に出入りする。

「あぁぁ、恥ずかしい……お義父さま、恥ずかしい……」

「これが、奈々美のほんとうの姿なんだ。そうら」

腰の上下動に合わせて、民雄は下から下腹部をせりあげた。降りてくるところで突きあげると、深々と埋まって、奈々美は喜悦の声をあげる。

「ぁあぁ、奥まで。奥まできてる……くぅぅぅぅぅ」

さらさらの黒髪を振り乱して、細い眉をハの字に折り曲げる奈々美。

なおも突きあげていると、奈々美は精根尽き果てたように前に突っ伏してきた。

民雄は倒れ込んできた女体を受け止め、抱いたまま横にまわって自分が上になる。

そのまま覆いかぶさるようにして、

「奈々美、私の唾を呑んでくれ」

言うと、奈々美が目を見開いた。

「これが最後なんだ。唾を呑んでほしい」

「はい……呑ませて、お義父さまの唾を、呑ませて」

奈々美は下から真剣な眼差しで見あげてくる。

民雄は口をもぐもぐさせて唾を溜めようとするのだが、昂奮で喉が渇いていて、なかなか分泌できない。

何とかして溜め込んで、うなずくと、奈々美が口を開けた。

まるで雛《ひな》が親鳥から餌をもらうような仕種に愛しさを覚えながら、舌で唾を押し出した。

溜まっていた唾液がとろっと糸を引いて落下していく。ちょうど口の真ん中で垂れてくる唾を受け止めて、奈々美は唾の糸が切れると、こくっとかわいく喉を鳴らした。

「美味しかったか？」

「はい、美味しかった」

「……奈々美、ほんとうはお前を手放したくないんだ」

民雄が唇を合わせると、奈々美も自分から舌をからませてくる。

夢のような時間だった。だが、それも今夜で終わる。

体の底から咆哮がうねりあがってきた。民雄はキスをやめると、それをぶつけるように腰を躍らせた。

「あっ……あっ……ぁあぁぁ，お義父さま、イキそう」

奈々美が二の腕にしがみついてきた。

民雄も急激に追い詰められていた。奈々美は足を開いて、打ち込みを受け止めている。切っ先が深いところに届き、内部がカリにまとわりついてくる。

射精への萌芽を逃したくなかった。

たん、たん、たんとつづけざまに打ち据えた。

「あっ、あっ、あっ……くぅぅぅぅ……」

「そうら、出すぞ。奈々美、出すぞ」

「ああ、お義父さま、ちょうだい。なかに、なかにください」

「ダメだ、それは」

「いいの。最後でしょ。欲しいの。お義父さまの精子を感じたいの。お願い、なかに、なかにください」

奈々美の哀願が、民雄の理性を打ち砕いた。

「よおし、出すぞ。奈々美のなかに出してやる」

民雄は最後の力を振り絞った。

(もう、奈々美を抱くことはできないんだ)

思いを込め、渾身の力を込めて分身を突き刺していく。

ずりゅっ、ずりゅっと内部をうがつと、愉悦がじわっとひろがって、射精の準備ができたことを知らせてくる。

「奈々美、好きだ。お前が好きだ。啓介なんかよりも、お前を愛している」

「ああ、お義父さま……」

「そうら、イケ。イッていいんだぞ」

深いところに連続して打ち込んだ。

「あっ、あっ……やぁあぁぁぁぁ、イク、イク、イッちゃう……お義父さま、ちょうだい。ちょうだい……やぁあああぁぁ、うぐっ！」

奈々美が首すじをのけぞらせ、全身をのけぞらせた。膣肉が絶頂の痙攣を示すのを感じて、民雄も駄目押しの一撃を押し込んだ。

その途中で、下半身が雪崩《なだれ》を起こしたように、精液が噴出するのがわかった。

「おおぅぅぅ、くぅぅぅぅ」

唸りながら、民雄は目を閉じる。

精液ばかりか大切な何かが漏れていくような感覚のなかで、下腹部を押しつけたまま、男液をしぶかせる。

奈々美もいつの間にか腰に手を添えて、離れたくないとでも言うように腰を引き寄せている。

出し尽くしてもなお、奈々美の膣はひくついて、精液を搾り取ろうとする。

これほど凄まじい快感は、味わったことがなかった。

民雄はしばらくその状態で、余韻を味わった。それから、腰を引いて分身を引き抜き、すぐ隣に横になった。

奈々美は体内に放出された精液を、逃したくないとでも言うように太腿を合わせている。

汗をかいた裸に、網戸を通して忍び込む夏の冷気が気持ち良かった。

荒い呼吸がおさまる頃になって、奈々美がにじり寄ってきた。

とっさに腕枕すると、奈々美は肩のあたりに顔を載せて、囁いた。

「今夜は帰りたくない。朝まで一緒にいさせてください」

「ああ、そうしなさい。ただし、朝になったら……」

「わかっています。明日になったら、わたしは啓介さんの嫁に戻ります」

奈々美が言った。

「……身体が冷えるといけない」

民雄は肌掛けを引きあげて、かけてやる。

「お義父さま、好き」

奈々美が頬にキスをしてきた。

民雄は無言で、奈々美の肩をぐっと引き寄せた。

4

一年後、民雄はベビーベッドに横たわる丸々と太った赤子をあやしていた。

二カ月前に奈々美が産んだ子で、民雄の名前の「雄」を取って、雄大《ゆうだい》と名付けられていた。

なかなか子供ができなかった夫婦も、ようやく子宝に恵まれたのである。

出産日から逆算して、民雄の子供であることも考えられた。だが、啓介が帰ってきて当然二人は夫婦の営みを交わしただろうから、息子の子であると推測するほうが自然だった。

啓介はあれから経営コンサルタントの会社を起《た》ちあげて、忙しい毎日を送っている。

雄大が突然、火が点いたように泣きだした。こうなると、民雄では手に負えない。

「奈々美さん！　奈々美さん！」

呼ぶと、台所で洗い物をしていた奈々美が手を拭きながら、やってきた。

妊娠太りの余韻が残っていて、奈々美は全体にふっくらとして、いっそう女らしくなっていた。髪もショートにととのえていた。

「あらあら、どうしたんでちゅか？　そう、オッパイが欲しいの。すぐにあげまちゅからね」

奈々美はベビーベッドのなかを覗き込んで語りかけ、まだ首の座らない雄大を首の後ろに手を添えて抱きあげた。

「お義父さま、失礼しますね」

そう言って、奈々美はソファに腰をおろした。雄大を横抱きにして、ブラウスの胸を開き、ブラジャーのフロントホックを外した。

まろびでた乳房はグレープフルーツのように丸くふくらみ、かつての奈々美の乳房からは想像できないほどに大きくなっていた。

民雄が肘掛け椅子に座ってそれとなく眺めていると、奈々美は乳房を取り出して、乳首を雄大の口に含ませた。

途端に泣き止んだ雄大は「うぐっ、うぐっ」と唸りながら、奈々美のオッパイを呑んでいる。

紅葉のように小さな手が乳房をやわやわと揉んでいる。ふくらみきった乳房は青い静脈が透け出るほどに白く張りつめていて、民雄はどうしてもそこから目を離せないのだった。

視線を感じたのか、奈々美が民雄を見た。

「いやだわ、お義父さま。そんなにじっと見ては」

「ゴメン、ゴメン。奈々美さんのオッパイが段違いで立派になったものだから」

「もう……小さくて申し訳ありませんでした」

奈々美は冗談めかして言い、それから、

「なんか、お義父さま、すごくオッパイを呑みたそうな顔をなさってる」

民雄を見た。

「えっ、いや、そうだな。興味はあるな」

「ふふ、ダメですよ。お義父さまには、叔母さまがいらっしゃるでしょう?」

奈々美が諌《いさ》めるような目を向けてくる。

啓介が帰ってきてからも、奈々美と久仁子は茶道教室をつづけていた。

久仁子の希望で、久仁子は自宅に戻って、教室があるときは通ってきた。

一時は奈々美ひとりでつづけている時期もあったが、奈々美のお腹が大きくなって正座するのがつらくなると、久仁子が代わりに生徒たちを教えた。

啓介は会社のほうも何とか順調で、奈々美とも民雄が羨《うらや》むほどに仲むつまじかった。

それを見て、民雄は奈々美への未練を断ち切った。そして、久仁子からの求愛もあって、再婚を決めた。

三カ月後に、久仁子と入籍する予定になっていた。

久仁子は今住んでいる家を処分して、うちに移ってくる。久仁子が家を売ったお金で、うちの庭に茶室を建てることになっている。

(すべてが上手くおさまったのだから、波風を立てることはよそう)

そう心に誓うものの、こうして奈々美と二人きりになって乳房を見せられると、抑えていた邪心がうごめく。

(ダメだ。何を考えているんだ)

民雄は授乳シーンから目を逸らして、窓から庭を見た。

生い茂った樹木の足元には、色とりどりの夏の花々が競うように咲き誇っている。

(そろそろ、庭の木の伐採を頼まなければ……)

視線を戻すと、奈々美はお腹いっぱいになって眠った雄大を、そっとベビーベッドに寝かせるところだった。

ブラウスから乳房が出たままだった。

風船のようにふくらんだ乳房の頂に、赤く色づく乳首がせりだし、米のとぎ汁のような白い母乳が付着している。

目を離せなくなった。

視線を感じたのか、奈々美がこちらを見て微笑んだ。

「お義父さま、オッパイを呑んでみますか?」

「えっ……いいのか?」

「ええ……」

民雄はふらふらと近づいていく。

(私は奈々美のオッパイを呑むのだ。べつにセックスするわけではない)

そう自分に言い聞かせてソファに座ると、奈々美に横になるように言われた。

ソファに仰向けに寝ころぶと、奈々美が胸を寄せてきた。

片方の乳房をつかんで、口許に押しつけてくる。

白い母乳がにじんでいる乳首を、口に含んだ。かるく吸っただけで、母乳が口にひろがった。

牛乳に似ているが、すっきりした甘さがある。健康な母乳はこういう味がすると、聞いたことがあった。

ぱんぱんに張りつめた乳房を片手で揉むと、母乳が噴き出して口を満たしてくる。

(私は、まるで奈々美の子供のようだな)

視線をあげると、奈々美が慈しむように民雄を見ていた。

髪の毛をやさしく撫でてくる。

(幸せだ、私は……)

民雄は乳房をつかんで揉みながら、乳首に舌を這わせた。まといつかせると、

「あああぁ……ぅううんん」

奈々美が洩らす女の声が、耳に悩ましく忍び込んできた。


(了)

※本書は二〇一〇年三月に刊行された竹書房ラブロマン文庫『ふたりの未亡人—禁惑の白肌—』の新装版です。

＊本作品はフィクションです。作品内に登場する人名、地名、団体名等は実在のものとは関係ありません。

長編小説
ふたりの未亡人《みぼうじん》〈新装版〉
霧原一輝《きりはらかずき》
2017年11月27日　初版第一刷発行

ブックデザイン……………………　橋元浩明（sowhat.Inc.）

発行人……………………………………後藤明信
発行所………………………………株式会社竹書房
〒102-0072　東京都千代田区飯田橋２－７－３
電話　03-3264-1576（代表）
03-3234-6301（編集）
http://www.takeshobo.co.jp
印刷・製本…………………………凸版印刷株式会社

■本書の無断複写・複製・転載を禁じます。
■定価はカバーに表示してあります。
■落丁・乱丁の場合は当社までお問い合わせ下さい。
ISBN978-4-8019-1275-5　C0193
©Kazuki Kirihara 2017　Printed in Japan

Take-Shobo Publishing Co.,Ltd.